© Jacqueline LÉA, 2024
Édition : BoD · Books on Demand, 31 avenue Saint-Rémy,
57600 Forbach, bod@bod.fr
Impression : Libri Plureos GmbH, Friedensallee 273,
22763 Hamburg (Allemagne)
ISBN : 978-2-3225-5590-1
Dépôt légal : Janvier 2025

L'ÉTREINTE DES ÂMES

Jacqueline Léa

L'ÉTREINTE DES ÂMES

*
* *

La Belle Parisienne

"Quand un homme voit
Deux femmes
Qui se ressemblent
Comme deux gouttes d'eau,
Il a envie de voir
S'il existe des différences
Entre elles."

FEELING

*
* *

*
* *

Tout L'Amour du Monde

"Pour lui, je ne compte pas...
A part, quand il a besoin de moi
Quand on travaille.
Sinon, je n'existe pas."

TOI et MOI

*
* *

*
* *

Main dans la Main

*"Il y a un secret pour arriver
À se sentir bien,
Même quand on est seule."*

LANCIO

*
* *

*
* *

Tu Es Le Soleil De Ma Vie

"L'amour c'est tout...
L'amour, chacun le vit
Comme il veut...
C'est bon pour tout le monde."

CHARME

*
* *

*
* *

INSTANTANÉ D'AMOUR

*"J'aime prendre des photos.
Comme ça, j'ai l'impression
De fixer le temps."*

MONTE CARLO

*
* *

*
* *

Tu es Ma Perte

"Quand on se quitte,
Ce n'est pas un drame...
C'est le commencement
D'une nouvelle vie,
D'une nouvelle histoire...
La nôtre."

SOGNO

*
* *

*
* *

*"L'intrigue n'est pas
De rendre l'autre heureux
Mais de se rendre heureux
Soi-même,
Et d'offrir ce bonheur à l'autre."*

Jacques Salomé

*
* *

*
* *

"Aimer c'est donner gratuitement
Son cœur à quelqu'un,
Non parce qu'on est
Dans le besoin
Ou qu'on en espère un profit..."

Ciceron (Philosophe)

*
* *

Introduction

Dans le cœur vivant de Paris, Soren et Moi Nous rencontrâmes par un beau matin d'été dans son établissement, le Café des Coïncidences. Bien que la vie ait laissé des cicatrices sur Notre chemin, une connexion inéluctable se tissa entre Nous.

Soren, en quête de rédemption, est hanté par le décès de sa fiancée, tandis que moi, une écrivaine en devenir, aspire à faire émerger Mon talent caché.

Au fil des semaines, Notre amitié se transforma en une relation amoureuse doux-amer qui Nous poussa à explorer les profondeurs de Notre âme. Ensemble, Nous décidâmes de fusionner Nos arts -peinture et écritures- pour créer une exposition commune, unique, symbole de Notre guérison mutuelle.

Cependant, alors que Soren lutte contre ses vieux démons pour tourner la page sur son passé douloureux, il doit faire face à ses combats intérieurs.

***L'Étreinte des âmes** est une histoire touchante sur la beauté de la renaissance, la force des souvenirs et l'amour qui Nous unit. C'est un voyage d'acceptation et de créativité, montrant comment deux êtres peuvent se soutenir et s'élever l'un l'autre, malgré les épreuves, dans les moments les plus sombres.*

*
* *

" Elle rencontrait, comme par hasard, celui qu'elle devait aimer.
Et comme par hasard, celui qu'elle devait aimer, se trouvait être justement celui qui devait l'aimer.
Ne fallait-il pas pour que ce soit vraisemblable, un tel concours de circonstances heureuses, supposer une intervention diurne ? Mais cette idée qui se présenta parfois..."

*
* *

1

Le Café des Coïncidences

Le soleil caressait les pavés des rues de l'Abbaye, à Paris, ce matin de Juillet. Les terrasses étaient déjà occupées par des habitués sirotant leur café, un livre à la main ou simplement perdus dans leurs pensées.

L'air était doux, comme un souffle prometteur d'aventures.

Les cheveux emmêlés par la brise de l'été, Je sortis de la petite librairie où je travaillais depuis cinq ans. J'adorais cet endroit, avec son parfum de vieux papier et de cuir. Pourtant, aujourd'hui, une certaine mélancolie pesait sur Moi. A trente ans, Je me sentais prisonnière d'une routine que Je n'avais pas choisie.

Je m'étais toujours promis de voyager, d'écrire un livre, d'aimer passionnément.

Mais les jours s'étaient accumulés sans que rien ne change. Je tournai au coin de la rue et M'arrêtai devant un café qui venait d'ouvrir ses portes.

La vitrine reflétait une ambiance chaleureuse, invitante, avec des chaises en rotin et des lumières tamisées. Sur l'enseigne en bois, il était inscrit : *Le Café des Coïncidences.*

Intriguée, Je poussai la porte. Une cloche tintait doucement. L'endroit semblait sortir tout droit d'un autre temps, avec ses étagères de livres, ses photos en noir et blanc accrochées au mur, et ce piano qui semblait n'attendre que des doigts pour le réveiller.

Je pris place près de la fenêtre, observant les passants, qui, comme Moi, semblaient pressés par la vie. Je n'avais pas encore commandé qu'une voix me sortit de ma rêverie.

-Bonjour. Vous avez fait un choix ? demanda le serveur, un jeune homme au sourire discret, presque timide.

Je levai les yeux et fut frappée par le regard intense de l'inconnu. Il portait une chemise blanche légèrement froissée, et ses cheveux sombres encadraient un visage à la fois serein et mystérieux.

-Euh... non, Je n'ai pas encore décidé, balbutiai-Je, légèrement décontenancée par sa présence.

Il hocha la tête, souriant à demi, et repartit en silence. Je fus étonnée par la sensation qui montait en Moi. Ce serveur avait une présence qui Me troublais. Et pourquoi ce café, tout d'un coup ?

Ce lieu semblait M'attirer indéniablement comme si quelque chose devait s'y produire.

Le reste de la journée se déroula sans évènements particuliers, mais quelque chose en Moi avait changé.

Le lendemain, comme une automate, Je retournai au *Café des Coïncidences*.

Le serveur était là, et cette fois, il m'apporta un café sans que Je n'aie eu besoin de le commander.

-Je me suis dit que vous prendriez le même que la dernière fois, dit-il avec un léger sourire.

-Vous avez bien deviné, répondis-Je en riant. Et puis, c'est quoi ce nom, "*le Café des Coïncidences*" ?

Il prit une chaise et s'assit face à Moi, comme s'il attendait ce moment depuis toujours.

-C'est un nom spécial, non ? murmura-t-il. Les coïncidences, c'est ce qui fait que deux chemins se croisent au bon moment. Peut-être que vous et moi étions censés nous rencontrer ici.

Je rougis malgré Moi. Il y avait quelque chose de profondément sincère dans sa voix. J'hésitai entre le charme du hasard et la réalité. Ce serveur, qui n'avait pas encore prononcé son prénom, devenait une énigme que Je mourrais d'envie de percer.

-Vous y croyez, vous, aux coïncidences ? demandai-Je, soudain curieuse.

-Pas toujours, répondit-il doucement. Mais parfois, il suffit d'une rencontre pour changer le cours des choses.

Nos regards se croisèrent, et pendant un instant, le monde extérieur semblait s'effacer. Il me sourit, pour Me montrer que Ma compagnie lui était très agréable. Il y avait dans ses yeux quelque chose que je ne décelais pas encore.

Un mélange de vulnérabilité et de force. Comme s'il cachait une histoire bien plus profonde derrière ce sourire en coin. La vengeance d'un orgueil blessé.

-Au fait, moi, c'est Soren, dit-il finalement, comme une délivrance.

Je souris, mon cœur battant légèrement plus fort. Je ne savais pas encore que cette rencontre fût sur le point de bouleverser ma vie.

Car dans ce petit café aux allures banales, ce qui semblait être une simple coïncidence allait devenir l'histoire d'un amour inattendu, d'une passion née des hasards, de silences et des regards partagés.

*
* *

"L'amour, n'avait pas du tout les mêmes choses à dire, ni les disait avec les mêmes accents.
Faudrait-il croire que c'est malentendu ?
Est-ce que s'entendre, ce serait dire pareil, à tour de rôle et sur le même ton ?
Non, ils se parlent parce qu'ils sont deux et ne cessent d'être deux en amour..."

*
* *

2

Les Silences Qui Parlent

Les jours suivants, Je me surpris à retourner chaque matin au *Café des Coïncidences*. Ce qui avait commencé comme une simple curiosité était devenue une habitude dont Je ne pouvais plus me passer.

Chaque matin, Je M'asseyais à la même table près de la même fenêtre, et Soren M'apportait mon café, toujours accompagné d'un sourire qui Me troublais plus que je ne l'admisse.

Nos échanges étaient souvent faits de mots simples, mais quelque chose de plus profond circulait entre Nous, dans les silences, dans les regards furtifs que Nous échangions. Soren n'était pas comme les autres.

Il n'essayait pas de se montrer sur son meilleur jour. Il était simplement là, présent, authentique. Je Me demandais pourquoi Je Me sentais si attachée à lui sans même connaître son histoire.

Un matin, alors que le café était presque désert, Soren vint s'assoir à Ma table sans que je ne l'ais invité.

-Ça ne vous dérange pas si je vous tiens compagnie ? demanda-t-il, comme s'il connaissait déjà la réponse.

-Non, bien sûr, répondis-Je, tout en ressentant une pointe d'excitation à l'idée de ce tête-à-tête improvisé.

Nous parlâmes de choses légères au début. De la pluie qui menaçait de tomber, de la dernière exposition au musée d'Orsay que je voulais visiter. Mais bientôt, Soren prit un ton plus sérieux.

-Vous venez ici tous les jours maintenant. Ce n'est pas que ça ne me fasse pas plaisir, mais je ne peux pas m'empêcher de me demander... Vous fuyez quelque chose ?

La question, posée avec une telle douceur, Me prit au dépourvu. J'hésitai, en me demandant si Je devais répondre honnêtement. En réalité, si Je venais là, c'était pour échapper à la routine de Ma vie, mais Je n'avais jamais mis ces mots dessus.

-Peut-être bien, avouai-Je en regardant pas la fenêtre. J'ai l'impression d'être coincée. J'adore la librairie où Je travaille, mais… J'ai toujours pensé que Je ferais quelque chose de plus… grand. Que Je vivrais une vie plus excitante.

Soren M'observa sans Me juger, comme s'il comprenait parfaitement ce que Je ressentais.

-Vous savez, parfois on a l'impression de stagner, mais c'est souvent à ce moment-là que la vie nous réserve une surprise, dit-il. Moi aussi, j'ai eu cette sensation de tourner en rond, jusqu'à ce que…

Il s'interrompit brusquement, comme s'il avait dit plus qu'il ne l'aurait voulu. Je penchai légèrement Ma tête, intriguée.

-Jusqu'à ce que quoi ? demandai-Je calmement.

Soren se redressa sur sa chaise et détourna le regard, les yeux soudain voilés d'une tristesse que Je n'avais jamais remarquée chez lui.

-Disons simplement que j'ai quitté une vie qui ne me ressemblait plus. J'ai ouvert ce café pour prendre un nouveau départ, pour m'éloigner de ce que j'étais avant.

Je sentis que derrière ses mots se cachait une histoire plus complexe qui l'avait profondément marquée. Je n'osai pas insister. Après tout, Moi aussi J'avais Mes secrets. Mais l'envie d'en savoir plus grandissait à chacune de nos conversations.

*
* *

"Au jardin dans le coin des pensées
Mes amours se sont dépensées
Simples et graves comme ces fleurs
Portant leurs visages aux cœurs.
Dans ma main que
le baiser tourmente
Repose mon profil d'amante."

Louise de Vilmorin

*
* *

3

Le Secret de Soren

Les semaines passèrent, et Soren et Moi nous rapprochions doucement, comme deux âmes attirées l'une vers l'autre, sans précipitation.
Chaque jour, Notre complicité grandissait. Un jour, alors que la pluie battait contre les vitres du Café, Soren proposa de fermer plus tôt. Il voulait Me montrer quelque chose.

-Vous avez un parapluie ? Me demanda-t-il en riant.

-Pas vraiment, mais Je suis prête à braver la pluie, répondis-Je avec un sourire audacieux.

Nous traversâmes ensemble les ruelles de Paris sous l'averse, riant comme des enfants. Je me sentais vivante plus que jamais, Mes pieds mouillés, mes cheveux collés à Mon visage, mais le cœur léger. Nous finîmes par arriver devant un immeuble ancien du quartier du Marais.

-Est-ce que je peux savoir où vous m'emmenez ? demandai-Je, le souffle court.

-C'est une surprise dit-il en déverrouillant la porte.

L'immeuble était calme, l'odeur de pierre humide envahissait l'espace. Nous montâmes trois étages et pénétrâmes dans une pièce en bois sombre. Ce que j'y découvrit Me laissa sans voix.

C'était un atelier d'artiste, lumineux malgré la pluie dehors. Les murs étaient couverts de toiles, certaines achevées, d'autres encore en cours. Des portraits, des paysages, mais des scènes vibrantes de vie, de couleurs éclatantes qui exprimaient des émotions brutes.

Je m'avançai doucement, en effleurant du bout des doigts un tableau où on pouvait y voir un couple s'enlacer sous un ciel tourmenté.

-C'est toi qui as fait tout ça ? demandai-Je incrédule

Soren opina du chef, le visage soudain plus grave.

-Avant d'ouvrir mon établissement, je peignais. C'était ma vie, jusqu'à ce que... certaines choses changent. J'ai arrêté de peindre pendant un long moment. Mais je viens ici parfois, quand l'inspiration revient.

Je ne pouvais détacher mes yeux des tableaux. Chaque coup de pinceau semblait chargé de passion, de douleur, d'espoir. Je me tournai vers Soren, émue par ce que je venais de découvrir.

-Pourquoi t'es-tu arrêté ? demandai-Je sans jugement, seulement par une simple curiosité.

Soren Me fixa intensément, comme s'il hésitait à se dévoiler complètement à moi.

-J'ai perdu quelqu'un, il y a trois ans. Ma fiancée. Elle était tout pour moi, et après son accident, je n'ai plus réussi à peindre. Je me suis noyé dans mon chagrin, jusqu'à ce que je décide de tout recommencer en ouvrant cette buvette.

Je sentis mon cœur se serrer. Je ne m'attendais pas à une telle révélation. Je compris soudain la tristesse que je percevais dans son regard. Soren avait traversé des épreuves que je ne pouvais imaginer, et pourtant, il était là, devant Moi, plus vivant que jamais, tentant de se reconstruire.

-Je suis désolée, murmurai-Je, ne trouvant pas les mots justes face à une telle perte.

-Ne le sois pas. La vie continue, et je pense que j'apprends à la retrouver... d'une manière ou d'une autre, dit-il en Me tendant un doux sourire.

Un silence s'installa entre nous dans l'atelier, mais il n'était pas gênant. Il était rempli de compréhension, d'une affinité qui allait bien au-delà des mots.

*
* *

"Je l'aime un peu, Beaucoup, passionnément,
Un peu c'est rare
Et beaucoup tout le temps.
Passionnément est dans tout mouvement
Il est caché sous cet : un peu, bien sage
Et dans : beaucoup il bat Sous mon corsage.
Passionnément ne dort pas davantage
Que mon amour aux pieds De mon amant
Et que ma lèvre en baisant son visage."

Louise de Vilmorin

*
* *

4

Une Nouvelle Lumière

Entre Soren et Moi, s'amplifiait une complicité naissante, pas oppressante, comme si dans ce lieu sacré où chaque toile racontait une histoire, les mots n'étaient plus nécessaires.

J'observai ses œuvres, chacune plus poignante que la précédente, Me sentant à la fois touchée et inspirée.

Je ne m'étais jamais considérée comme une artiste, mais ici, dans cet espace où le passé et le présent se mêlaient, Je ressentais une profonde envie de création.

-C'est incroyable ce que tu fais, murmurai-Je. C'est tellement... vivant, malgré la douleur que tu portes en toi.

Soren, resta les bras croisés en observant Mes réactions sans bruit. Il n'avait pas ouvert cet atelier à qui que ce soit depuis des années, mais avec Moi, tout lui paraissait différent. Ma présence semblait l'apaiser, Je n'attendais pourtant rien de sa part.

Je ne lui posai pas de questions inutiles, et surtout, Je ne cherchais pas à le réparer.

J'étais simplement là, comme une lumière douce au milieu de ses ténèbres.

-Je n'avais jamais montré ça à personne depuis longtemps, répondit-il finalement. Mais toi... je ne sais pas pourquoi, je voulais que tu voies. Peut-être parce que tu comprends ce que c'est, cette sensation d'être perdu dans une vie que l'on n'a pas choisie.

Je souris légèrement. Oui, Je comprenais. Moi aussi, je m'étais égarée dans la routine de Ma tranquille petite existence. Pourtant, depuis Notre rencontre, Je sentais une brèche dans Mon quotidien, une ouverture vers un horizon plus vaste et plus authentique.

-Je comprends, oui, dis-je, en regardant à nouveau les toiles. Je ne prétends pas avoir ton talent, mais J'écris un peu. Enfin, j'essaye d'écrire. J'ai laissé tomber il y a longtemps.

Soren leva un sourcil, l'air intéressé.

-Qu'est-ce qui t'a fait arrêter ?

-J'imagine que c'est la peur. La peur de ne pas être assez bonne, de ne pas trouver Ma place, répondis-Je, presque honteuse.

Il se rapprocha de Moi, avec un regard adoucissant, me fixa si intensément, d'une façon que Je n'avais jamais vue.

Je n'éprouvai aucune pitié à son égard, mais juste une profonde compréhension.

-La peur, c'est ce qui nous retient tous. Mais regarde, tu es là aujourd'hui. Peut-être est-ce le moment de recommencer. Parfois, il suffit de quelqu'un qui croit en nous pour se relancer.

Ces mots Me frappèrent en plein cœur. Quelqu'un qui croit en Moi... Serait-il possible que cet homme que Je connaissais à peine et qui portait pourtant ses propres blessures, puisse M'apporter cette foi que J'avais Moi-même perdue ? Sans réfléchir, Je pris une grande inspiration et déclarai :
-Je veux écrire ! Et Je veux que ce soit ici, avec toi !

Soren resta silencieux, interloqué par Ma brusque et sincère déclaration. Il s'approcha lentement de Moi, plongea son regard dans le Mien.

-Alors écris, ici, dans cet atelier. Fais de cet endroit le tien aussi, si tu veux, dit-il doucement.

Je le regardai, bouleversée. Je me sentais envahir par une nouvelle énergie enivrante, une sorte de renaissance, comme si l'atmosphère de ce lieu et la présence de Soren réveillaient en Moi une explosion de joie.

L'espace d'un instant, J'imaginai un avenir différent, où J'écrirais et où Nous partagerions Nos passions créatives, côte à côte.

Sans savoir exactement ce que je faisais, J'attrapai un carnet dans Mon sac et M'installai sur une chaise en bois près d'une des grandes fenêtres. La pluie tombait toujours dehors, mais Je me sentais en sécurité dans cet endroit, prête à plonger dans Mon propre Monde.

Je Me mis à écrire sans réfléchir, laissant les mots couler de Ma plume comme s'ils avaient attendu durant tout ce temps un signal de ma part pour être enfin libérés.

Soren M'observait, discrètement, en respectant ce moment. Il savait ce que cela faisait de renouer avec une passion jusqu'alors endormie, et il n'osait pas briser cette magie.

Les heures passèrent sans Nous en apercevoir. La pluie cessa et le jour fit place à la nuit. Je relevai enfin la tête, en Me rendant compte que l'atelier était plongé dans l'obscurité, sauf pour la faible lueur d'une lampe près du chevalet.

-Je crois que J'ai écrit plus que je l'ai fait en des années, dis-Je en riant sobrement, pour briser le silence.

Soren, assis dans un coin, esquissa un sourire.

-Je t'avais dit que c'était le bon moment.

Je le regardai avec un mélange d'affection et de gratitude dans les yeux. Je ne savais pas encore comment ni pourquoi, mais il avait déclenché en Moi une lumière que je pensais éteinte.

Peut-être que cela faisait partie de ces fameuses coïncidences, ou peut-être était-ce plus que cela. Quoiqu'il en soit, Je ressentais que Notre rencontre était le début d'une histoire que Je n'avais jamais oser rêver.

*
* *

"Nous brûlions d'amour, n'est-ce pas au Dieu caché que s'en allait la foi ?
N'est-ce pas toujours à Femme que va finalement le feu originel qui brûle et dont nous voulons nous-mêmes être consumés ?"

*
* *

5

Un Voile de Tristesse

Les semaines s'étaient écoulées depuis Notre première rencontre. L'atelier de Soren, était devenu pour Nous un sanctuaire, un lieu où l'art et les émotions se conjuguaient. Nous nous y retrouvions chaque après-midi.

Moi, avec Mon carnet en main, et lui devant ses toiles, sans trop échanger de mots. Nous travaillions ensemble, portés par cette complicité qui s'était tissée entre Nous.

Mais derrière les sourires que nous nous échangions et l'apparente tranquillité qui régnait entre Nous, chacun portait en lui des tourments que l'autre ne pouvait deviner.

Un jour, alors que la lumière déclinait doucement dans l'atelier, Je remarquai une toile inachevée, cachée sous un drap, au fond de la pièce.

Je m'en approchai instinctivement, attirée par ce mystère. Avant que je ne puisse le dévoiler, la voix de Soren brisa le silence.

-Ne touche pas à ça !

Je sursautai, surprise par la sévérité de son ton. Il s'était retourné vers moi, les yeux assombris par une colère noire, que Je ne compris pas encore.

-Excuse-Moi, Je… ne voulais… pas… balbutiai-Je, en reculant subrepticement.

Soren passa une main dans ses cheveux, en essayant de se calmer. Ce tableau, c'était son passé. Un passé qu'il n'était pas encore prêt à affronter, ni à partager avec qui que ce soit.

-C'est juste… je n'ai pas encore terminé avec elle, dit-il avec une pointe de douceur dans la voix.

Je ressentis une amertume dans Mon cœur. Je compris que ce "*elle*" ne parlait pas d'une toile, mais d'une personne. Soren n'avait jamais parlé de sa fiancée, mais Je devinais, à travers ses non-dits, que cette histoire lui pesait encore. Je décidai de ne pas insister, mais une voile de tristesse s'était glissée entre Nous ce jour-là.

Cependant, cette distance récente Nous rapprochait paradoxalement. Soren commença à s'ouvrir, petit à petit à Moi.

Il Me raconta comment le décès de sa fiancée, Hélène, avait brisé son inspiration pendant des années. Je discernais dans le ton de sa voix, le désespoir dans lequel il avait sombré depuis si longtemps.

Le ton de quelqu'un qui était au bord du précipice. Chaque coup de pinceau lui rappelait celle qu'il avait perdu, et son abandon pour la peinture avant que Je ne fasse ressurgir en lui une lueur d'espoir.

De Mon côté, Je sentis que Je devais lui confier Mon propre secret. Un soir, Je luis tendis Mon carnet.

-Je voudrais que tu lises ça !

Soren hésita, mais son regard croisa le Mien, et il réalisa que j'avais besoin de partager cela avec lui. Il prit le carnet commença à lire. C'était l'histoire d'une jeune femme troublée qui cherchait à se reconstruire à travers l'écriture. Ce qu'il lut, reflétait Ma propre douleur, mais aussi ma force. J'avais écrit avec une telle sincérité que Soren fut bouleversé.

-Tu es… incroyable ! s'exprima-t-il avec un tel enthousiasme, en fermant le carnet. Pourquoi n'as-tu jamais publié ça ?

-Parce que j'ai toujours eu peur. Peur que ce ne soit pas assez bien, de ne pas être prête.

Soren Me regarda intensément.

-Tu es prête Khalysta ! Je le vois dans tes mots. Tu es prête à affronter tes craintes.

Ces mots résonnèrent en Moi comme un lointain écho, mais extrêmement puissant.

Nous partageâmes un silence lourd de sens, pressentant que nous venions de franchir un nouveau cap dans notre relation.

*
* *

"...Bien souvent alors je soupire
En songeant que l'amer chagrin,
Aujourd'hui loin de toi,
Peut t'atteindre demain,
Et de ta bouche aimable
effacer le sourire
Car le Temps, tu le sais,
Entraîne sur ses pas
Les illusions dissipées,
Et les yeux refroidis,
et les amis ingrats,
Et les espérances trompées !"

Gérard De Nerval

*
* *

6

Le Pouvoir des Petits Moments

Les jours qui suivirent, Soren et Moi développâmes une routine qui Nous était propre. Je venais souvent à l'atelier après ma journée à la librairie, et Nous passâmes des heures ensemble : Moi à écrire, et lui à peindre ou simplement à M'observer en silence, comme s'il puisait dans Ma présence une nouvelle inspiration.

Ces moments partagés étaient empreints d'une simplicité rare, d'un bonheur tranquille. J'avais parfois l'impression que le temps s'était suspendu. Nous parlions peu de Notre passé, préférant nous concentrer sur Notre présent, sur ces instants précieux où on se laissait porter par Nos passions respectives.

Un soir, alors que le soleil se couchait sur Paris, peignant le ciel de teintes orangées, Soren se tourna vers Moi, les mains encore tâchées de peinture.

-Tu sais, Khalysta, je crois que je n'ai jamais été aussi heureux que depuis l'instant où tu es entrée dans mon café, dit-il, la voix remplie de sincérité.

Je le regardai, touchée par la simplicité de ses mots. Mon cœur s'emballa, mais Je ne cherchai pas à masquer ce que j'éprouvais à ce moment-là.

-Moi non plus, chuchotai-Je.

Un instant de silence s'ensuivit, chargé de promesses. Nous nous regardâmes longuement, Nos cœurs battant à l'unisson, chacun conscient qu'un puissant miracle, inéluctable, se produisait entre Nous.

Soren se rapprocha lentement de Moi, comme s'il craignait de briser cet instant fragile.

Il posa une main délicate sur Mon visage, effleurant Mes joues avec une tendresse infinie. Je fermai les yeux, savourant cette caresse, avant de rouvrir les paupières pour croiser son regard.

Sans un mot de plus, il m'embrassa tendrement, d'un baiser plein de douceur qui n'avait rien de précipité, et qui parlait de tout ce que Nous avions vécu et de tout ce qui Nous attendait.

*
* *

"Non, non, le partage n'est pas égal. Il est incommensurable. Ne parlez pas ici de justice et d'injustice. Quand c'est la vérité qui se cherche du fond de nos pauvres cœurs.
C'est qu'On nous a abandonnés, et que nous reviendrons, ainsi que le promettent toutes nos jubilations et nos larmes d'amours, à Qui nous a abandonnés."

*
* *

7

Un Amour qui S'éveille

Ce baiser tendre et délicat marqua un tournant dans Notre relation. Ce n'était pas seulement un geste de tendresse, mais un amour qui naissait agréablement, comme une fleur qui éclot sous un soleil bienveillant.

Je me sentais transportée, comme si ce moment était exactement ce que j'avais tant espérée, sans jamais réalisée que c'était ce que j'avais tant cherché.

Les jours suivants furent empreints d'une légèreté nouvelle. Nos sourires étaient plus complices, Nos échanges plus profonds. Chaque regard partagé était une façon de confirmer que Nous étions sur la même longueur d'onde, que Nous nous comprenions sans avoir besoin d'échanger le moindre mot. Pourtant, ni l'un ni l'autre ne parla de ce que Nous ressentions. Nous pensions que ce n'était pas nécessaire, du moins pas tout de suite.

Une fois, alors que Je me rendais à l'atelier dans la soirée, comme à Mon habitude, Je trouvai Soren assis au piano, les doigts glissant délicatement sur les touches, en jouant une mélodie mélancolique. La pièce était baignée d'une lumière dorée qui rendait l'instant presque irréel.

-Je ne savais pas que tu jouais au piano, dis-Je affectueusement, en M'asseyant à côté de lui sur le banc.

Il sourit sans cesser de jouer.

-Je ne t'en avais jamais vraiment parlé, répondit-il. C'était un de mes nombreux passe-temps que je partageais avec... elle.

Je compris immédiatement de qui il parlait. Il n'avait presque jamais mentionné son ancienne fiancée depuis qu'il m'en avait parlé ce jour-là, dans l'atelier. Mais son ombre planait encore au-dessus de lui, mêmes dans les moments les plus anodins.

-C'était notre manière à nous de se retrouver après une longue journée de travail, poursuivit-il. Jouer au piano ensemble... ça nous rapprochait.

Je l'écoutai attentivement, Mon cœur se serrant amèrement. Je savais que son histoire était marquée par une douleur que Je ne pouvais pas effacer, mais j'avais l'impression de faire partie de ce processus de guérison.

-Et maintenant ? demandai-Je calmement. Est-ce que tu arrives à retrouver ce lien, ici, avec Moi ?

Soren s'arrêta de jouer, laissant ses doigts poser sur les touches du piano. Il se tourna vers Moi, en me regardant avec une intensité inhabituelle.

-Vois-tu, Khalysta... avec toi, j'ai l'impression que la vie me donne une deuxième chance. J'ai passé tellement de temps à tenter de me reconstruire, de tourner la page. Et puis tu es arrivée, telle un miracle, dans ma vie, avec ton sourire, ta façon de m'écouter... et soudain, tout a pris un sens nouveau. Je ne sais pas si je mérite de retrouver ce bonheur, mais je suis conscient que tu m'y aides chaque jour.

Ses mots Me touchèrent au plus profond de moi-même. Je n'avais jamais pensée que Je pouvais avoir cet effet sur quelqu'un, encore moins sur un homme aussi sensible et complexe que lui. Je lui pris tendrement la main, entrelaçant ses doigts aux Miens, pour le rassurer.

-Tu mérites d'être heureux, Soren. Peu importe ton passé, ou les cicatrices que tu portes. Et si Je peux t'aider à retrouver ce bonheur, Je serai là à chaque étape.

Il baissa la tête un instant, ému par Mon honnêteté. Puis sans un mot, il se leva du banc et M'entraîna posément vers le centre de la pièce. Là, sous la lueur dorée du soleil couchant, Nous nous enlaçâmes l'un contre l'autre, dans une étreinte remplie de sensualité.

Nos corps se balançaient docilement au rythme d'une musique imaginaire, comme si Nous dansions sur une mélodie que seuls Nos cœurs pouvaient entendre.

Je restai chez lui cette nuit. Je dormis à poing fermés. Lui, trop énervé, ne réussit pas à fermer l'œil de la nuit.

Après cette nuit d'insomnie, Soren m'informa sans plus tarder de la décision qu'il avait prise…

*
* *

"...Oh ! si je t'avais rencontrée
Alors que mon âme enivrée
Palpitait de vie et d'amours,
Avec quel transport, quel délire
J'aurais accueilli ton sourire
Dont le charme eût nourri
mes jours"

Gérard De Nerval

*
* *

8

Les Ombres du Passé

Bien que Notre liaison évoluât en toute quiétude, une ombre persistait dans l'esprit de Soren. Il était heureux avec Moi, c'était indéniable.

Mais parfois, les souvenirs de son passé refaisaient surface sans prévenir, le plongeant dans une mélancolie dont il avait du mal à se défaire.

Je ne lui posais jamais de questions, Je percevais ses moments d'apaisement, ses regards perdus dans le vide et Je savais que ses fantômes le hantaient encore.

-Je crois que Je dois te dire quelque chose, Khalysta, commença-t-il avec une gravité qui Me surpris.

Je posai Ma tasse, Mon cœur s'affola rapidement. Je n'étais pas préparé à ce qui allait suivre, mais Je savais qu'il était temps pour lui de s'ouvrir davantage, de partager ce fardeau qui le pesait.

-Je n'ai jamais vraiment raconté à personne comment elle était partie, ma fiancée, poursuivit-il. L'accident… c'était de aussi de ma faute.

Je restai là, muette, respectant son besoin de s'exprimer à son propre rythme.

-Ce jour-là, nous nous sommes disputés, Hélène et moi, comme cela arrivait parfois. C'était une broutille, vraiment. Elle voulait que je l'accompagne à une exposition, et j'ai refusé prétextant que j'avais trop de travail à l'atelier. Elle est partie furieuse, seule... et c'est sur le chemin du retour que le drame s'est produit. Si j'étais avec elle, ou si je ne l'avais pas laissé partir en colère, peut-être que rien de tout cela ne serait arrivé.

Je sentis les larmes monter, non pas pour Moi-même, mais pour la douleur qu'il portait en lui depuis si longtemps.
En l'espace d'une minute, sa vie bouscula dans un cauchemar, comme si un ouragan l'avait balayé sans ménagement.

Je compris que ce n'était pas seulement son absence qui le rongeait, mais la culpabilité. Cette culpabilité qui l'avait empêché de se reconstruire pendant des années.

-Soren... tu ne peux pas continuer à te blâmer pour ce qu'il s'est passé. Ce n'est pas de ta faute, tu ne pouvais pas savoir. Les disputes arrivent dans tous les couples, tu le sais. Mais tu ne peux pas vivre continuellement dans le passé, et cela ne doit pas t'empêcher d'avancer.

Il serra les poings, les yeux rivés au sol. Il était irrité, car il avait l'impression de tourner en rond.

-Mais si je l'oubli, si je laisse cette douleur partir… est-ce que je ne vais pas la trahir ? cria-t-il, la voix brisée.

-Ce n'est pas une trahison, Soren. L'amour est infini. Tu peux aimer deux personnes de différentes manières, et rien de cela ne retire la beauté de ce que tu as vécu avant, dis-je, en serrant sa main plus fort.

Je me levai promptement et m'approcha de lui, en posant une main sur son épaule.

-La meilleure manière de lui rendre hommage, c'est de continuer à vivre, pleinement, avec tout ce que tu as offrir. Elle n'aurait pas voulu que tu restes prisonnier de cette culpabilité. Elle aurait voulu que tu sois heureux et Moi aussi.

Nos regards se croisèrent, et Je lus enfin un apaisement dans ses yeux. Pour la première fois depuis longtemps, je sentis le poids de ses épaules s'alléger. Il n'était pas encore guéri, mais il était sur le chemin de la rédemption.

*
* *

"*Il n'est pas donné à chacun de prendre un bain de multitude : jouir de la foule est un art ; et celui-là seul peut faire, aux dépens du genre humain, une ribote de vitalité, à qui une fée a insufflé dans son berceau le goût de la transformation et du masque, la haine du logis et la passion du voyage.*"

Charles Baudelaire

*
* *

9

Le Présent et L'Avenir

Les mois passèrent, et peu à peu, Soren apprît à se libérer des chaînes de son passé. Avec Moi à ses côtés, il reprit confiance en lui, recommença à peindre avec passion et son atelier retrouva la lumière qu'il avait autrefois perdue.

Quant à Moi, Je Me plongeai dans l'écriture avec une nouvelle ferveur. J'écrivis des récits sur l'amour, la rédemption, sur ces vies qui se croisent au moment où elles en ont le plus besoin. Et à chaque mot posé sur la page, J'avais la sensation d'être celle dont j'ai souvent rêvé : une auteure, une femme libre et aimée.

Au cours d'un dîner dans Notre petit atelier, Soren leva brusquement son verre de vin, un sourire éclatant sur le visage.

-Aux coïncidences qui Nous ont réunis ! s'exclama-t-il.

A Mon tour, Je levai Mon verre, un sourire complice aux lèvres.

-Aux coïncidences… et à tout ce qu'elles Nous réservent à l'avenir, renchéris-Je.

Nous trinquâmes, en savourant ce moment de bonheur simple, sachant que, peu importe ce que la vie Nous réservait, Nous étions désormais prêts à tout affronter tous les deux.

*
* *

"L'homme jouit de cet incomparable privilège, qu'il peut à sa guise être lui-même et autrui. Comme ces âmes errantes qui cherchent un corps, il entre, quand il veut, dans le personnage de chacun. Pour lui seul, tout est vacant ; et si de certaines places paraissent lui être fermées, c'est qu'à ses yeux elles ne valent pas la peine d'être visitées."

Charles Baudelaire

*
* *

10

Une Guérison Mémorable

Les semaines qui suivirent, Nos nombreux échanges sur la culpabilité de Soren marquèrent un tournant décisif. Il n'était pas guéri d'un coup, bien sûr. La douleur demeurait en lui, tapie dans l'ombre, mais Je l'aidais à la regarder sous un jour nouveau où il apprenait à vivre avec, plutôt que de chercher à lutter contre elle.

Un soir d'automne, alors que les feuilles tombaient en tourbillonnant autour de Nous, lors d'une promenade dans un parc, Soren s'arrêta soudainement. Tout à coup, son attention fût attirée par deux personnes.

En observant le couple qui riait sous les arbres, son cœur se serra. Ce genre de situation, autrefois, lui aurait rappeler tout ce qu'il avait perdu. Mais cette fois, en serrant Ma main, il réalisa quelque chose de nouveau.

-Tu sais, Khalysta, j'ai longtemps pensé que Je ne pourrai plus jamais être heureux. Que toute tentative de bonheur serait une trahison envers elle, dit-il en regardant les feuilles voler dans le vent.

Je ne prononçai pas un seul mot et attendis patiemment qu'il poursuive. Je percevais un changement en lui, comme une plaie qui se refermait lentement.

-Mais, ces dernières semaines j'ai compris, reprit-il, en Me regardant dans les yeux, que ce n'était pas une question d'oubli, mais plutôt d'accrocher des souvenirs heureux à mon passé, d'accepter que mon amour pour elle continue d'exister, néanmoins que mon cœur peut également s'ouvrir à toi.

Je lui souris, touchée dans les profondeurs de Mon âme. C'était le moment que J'attendais, celui où Soren cesserait de se battre contre ses propres sentiments. Il n'abandonnait pas son passé, qui le réconciliait avec son présent.

Cette nuit-là, Soren se réveillât en sueur. Avec regrets, il réalisa que ce qu'il venait de vivre dans son sommeil était tout à fait fictif. Il profita de cette occasion et pour la première fois, il parla longuement de son ancienne fiancée.

Il raconta des anecdotes joyeuses, des souvenirs drôles, et Je l'écoutai, non pas avec jalousie ou crainte, mais avec un profond respect. C'était comme si, enfin, il ouvrait une porte qu'il avait gardé fermée depuis tant d'années.

Et à travers cette ouverture, Je m'insérais davantage dans son cœur.

*
* *

"Le promeneur solitaire et pensif tire une singulière ivresse de cette universelle communion. Celui-là qui épouse facilement la foule connaît des jouissances fiévreuses, dont seront éternellement privés l'égoïste, fermé comme un coffre, et le paresseux, interné comme un mollusque. Il adopte comme siennes toutes les professions, toutes les joies et toutes les misères que la circonstance lui présente."

Charles Baudelaire

*
* *

11

La Création comme Réparation

Les toiles de Soren prirent un nouveau tournant. L'atelier, autrefois un lieu de solitude et de souffrance, devient un espace de création partagé.

Encouragée par la confiance qu'il M'avait insufflée, Je passai de plus en plus de temps à écrire là-bas. La fusion de Nos deux formes d'art, peinture et écriture, créa une alchimie palpable.

Un jour, alors que J'écrivais une nouvelle ébauche inspirée de Notre histoire, Soren, observant le manuscrit sur lequel Je travaillais, eut une idée audacieuse.

Il Me soumit une proposition totalement inattendue et des plus originales.

-Et si on créait ensemble ? s'écria-t-il, avec un enthousiasme que Je n'avais jamais vu chez lui auparavant. Toi et moi, en unissant nos arts dans une exposition, ou un livre, où mes toiles et tes récits se répondraient.

Surprise par cette proposition, Je sentis une vague d'intense émotion Me submerger. L'idée que Nous puissions unir

Nos talents, créer un chef-d'œuvre qui porterait nos empreintes à tous les deux, Me remplit d'une excitation totalement inédite.

Après quelques minutes d'hésitation, je lui donnai Mon acceptation.

-J'adorerais ça, Soren. Mais, comment vois-tu les choses ? demandai-Je, déjà intriguée par les possibilités.

Il resta un moment muet, en réfléchissant, puis répondit :

-Tes mots ont un pouvoir particulier, Khalysta, ajouta-t-il, les yeux brillants. Ils racontent tes mémoires derrière les images. Mes toiles sont souvent abstraites, remplies d'émotion, mais elles manquent parfois de narration. Toi, tu apportes ces récits, avec une étendue magique, c'était comme s'ils donnaient vie à mes peintures.

L'idée d'un projet commun ne cessa de Nous animer dans les jours qui suivirent. Nous passâmes des heures à discuter, au cours desquelles nous avions conçu un nouveau texte, pour échanger Nos idées, en cherchant comment combiner Nos arts de manière harmonieuse.

Chacun de Mes récits lui inspirait une nouvelle toile, et chaque tableau de Soren nourrissait Mon imaginaire. L'ambiance était tendue entre Nous.

Petit à petit, Notre collaboration devint plus qu'un simple projet artistique. C'était une manière de guérir ensemble, de créer de la beauté à partir de Nos douleurs et de Nos espoirs. C'était aussi une déclaration en sourdine, de l'amour qui grandissait entre Nous, qui s'emplissait de nos différences et de nos similitudes.

Nous débutâmes Notre première séance de travail juste après dîner...

Elle Me parut interminable. Je montai dans la chambre chercher les dernières notes que j'avais oubliés. Nous nous attardâmes très tard dans la nuit, à discuter, à décortiquer chaque ouvrage, jusqu'à ce que la fatigue ait eut raison de Nous.

Je finis par m'endormir. Soren, lui resta éveillé. Il songeait à la situation dans laquelle nous étions tous deux impliqués.

*
* *

"Ce que les hommes nomment amour est bien petit, bien restreint et bien faible, comparé à cette ineffable orgie, à cette sainte prostitution de l'âme qui se donne tout entière, poésie et charité, à l'imprévu qui se montre, à l'inconnu qui passe."

Charles Baudelaire

*
* *

12

Les Couleurs de la Renaissance

L'exposition approchait à grand pas. Soren et Moi avions décidé de fusionner Nos arts, mais cette collaboration n'était pas sans défi.

Notre processus créatif était radicalement différent : Soren, dans ses œuvres, cherchait à libérer ses émotions en couches chaotiques de couleurs, tandis que Moi, avec Mes mots soigneusement choisis,

J'avais besoin de temps pour mûrir chacune de Mes phrases.

Une tension sous-jacente s'installa entre Nous. Un après-midi, pendant que l'on travaillait sur une grande toile destinée à l'exposition, une dispute éclata entre Nous.

Soren Me rejoignit et se comporta de façon vindicative et cruelle.

-Ce n'est pas ce que j'avais en tête ! s'exclama Soren, en passant une nouvelle couche de peinture, qui dissimula une partie de Mon texte que J'avais écrit à côté.

L'hostilité qu'il affichait me désorienta. Un mélange de froid et de colère Me poussa à lui répliquer :
-Tu ne peux pas juste tout recouvrir ! répliquai-Je, frustrée. Mes mots comptent autant que tes coups de pinceau !

D'un geste rageur, il balaya mon ouvrage !

-Et tu crois que je peux me limiter à tes phrases figées ? La peinture ne fonctionne pas comme ça !

Un silence pesant s'en suivit. Je croisai les bras, le cœur battant, essayant de contenir Ma colère. Soren, les mains tremblantes, se détourna, sentant une distance qu'il redoutait, s'installer entre Nous.

Finalement, Je pris une profonde inspiration et M'approcha de lui.

-On s'est engagés dans ce projet ensemble. Ce n'est pas une question de mots et de peinture, mais de ce que l'on veut exprimer, tous les deux. On doit pouvoir trouver un équilibre.

Soren baissa les yeux, conscient de sa brutalité.

-Tu as raison, murmura-t-il. Je me suis emporté. Je voudrais que ce soit parfait... mais peut-être que ça n'a pas besoin de l'être.

Il posa son pinceau et prit Ma main. Ce contact, léger mais sincère, calma Nos esprits.

-Cette exposition, c'est plus que Nos deux œuvres réunies, dis-je avec douceur. C'est Nos Mémoires, Notre guérison. On doit y mettre tout ce que l'on est, sans essayer d'en contrôler chaque petit détail.

Soren acquiesçât, et Nous reprîmes tous deux Notre travail, cette fois en harmonie. Nous trouvâmes un équilibre, en laissant Nos arts se mêler naturellement. J'ajoutai des mots entre les lignes des coups de pinceau de Soren, et lui, en retour, s'inspirait de Mes textes pour choisir ses couleurs.

Le jour de l'exposition arrivait, et Nos œuvres devenaient le reflet d'une renaissance commune. Chaque tableau racontait une part de Notre vie de souffrance et de résilience.

Chacun de Mes écrits, amplifiait la force des toiles peintes par Soren. Notre art, comme Nos âmes, s'élevaient à l'unisson.

*
* *

"Il faut, dans ce bas monde,
Aimer beaucoup de choses,
Pour savoir, après tout,
Ce qu'on aime le mieux,
Il faut fouler aux pieds
Des fleurs à peine écloses ;
Il faut beaucoup pleurer,
Dire beaucoup d'adieux.
Puis le cœur s'aperçoit
Qu'il est devenu vieux,
Et l'effet qui s'en va
Nous découvre les causes."

Alfred De Musset

*
* *

13

La Veille de l'Exposition

Le jour précédent l'exposition tant attendue, l'atmosphère dans l'atelier était à la fois tendue et chargée d'excitation. Soren et Moi avions passés des semaines à finaliser Nos œuvres, et chaque coup de pinceau ou mot ajouté apportait une dimension inédite à Notre collaboration.

La fatigue commençait à se faire sentir, mais l'adrénaline Nous maintenait éveillés.

Assise au centre de la pièce, Je fixai le regard sur Nos toiles qui allaient bientôt être exposées aux yeux de tous. Ce n'était plus simplement de l'art, c'était devenue Notre voyage commun.

-Comment te sens-tu ? Me demanda Soren, la voix calme, mais empreinte d'une certaine nervosité.

Je lui souris, mais Mon sourire dissimulait une pointe d'angoisse. Je savais que cette exhibition représentait bien plus qu'une présentation de Notre travail. C'était une catharsis, façon de tourner une page de Nos vies respectives.

-J'ai un peu peur, avouai-Je. Et toi ?

-J'avoue que j'ai peur moi aussi, répondit Soren sans détour. Mais pas à cause de l'exposition en elle-même. J'ai peur de ce que cela représente pour Nous... je veux dire... ce que cela signifie si ça marche... ou si ça échoue.

Nos regards se croisèrent. Nous savions tous deux que ces œuvres d'art sont à la fois une chance de succès et une épreuve pour Notre liaison. Depuis que Nous avons commencé à travailler de concert, un lien indéfectible s'était tissé, mais les incertitudes du lendemain Nous pesaient.

-Peu importe ce qui se passe demain, dis-Je après un moment d'interruption, Je suis fière de ce que l'on a accompli. Et Je suis fière de toi.

Soren ne répondit pas immédiatement. Au lieu de cela, il vint à Moi, posa affectueusement une main sur Mon épaule, puis M'attira contre lui. Dans cet instant d'intimité, toutes Nos peurs semblaient se dissiper, ne laissant place qu'à la reconnaissance mutuelle et à la force de ce que nous avons construit en chœur.

-On verra bien demain chuchota-t-il en caressant Mes cheveux. Quoiqu'il arrive, on y fera face tous les deux.

Une autre soirée de travail prenait fin. Nous ne réussîmes pas à Nous reposer.

L'angoisse Nous emprisonnait.

*
* *

"De ces biens passagers Que l'on goûte à demi,
Le meilleur qui nous reste Est un ancien ami.
On se brouille, on se fuit.
Qu'un hasard nous rassemble
On s'approche, on sourit, La main touche la main,
Et nous nous souvenons
Que nous marchions ensemble,
Que l'âme est immortelle,
Et qu'hier c'est demain."

Alfred de Musset

*
* *

14

L'ouverture de la galerie

Le lendemain, la salle était baignée d'une lumière naturelle, amplifiant la beauté des chefs-d'œuvre accroché aux murs. Les invités commencèrent à arriver, murmures et éclats de voix résonnèrent dans l'espace.

Vêtue d'une robe sobre mais élégante, J'observai avec inquiétude les premiers visiteurs se déplacer entre les toiles. Mon cœur battait fort, chaque pas dans la salle semblant être un verdict inaudible sur Notre travail. Je jetai un coup d'œil vers Soren, qui discutait avec un critique d'art. Il paraissait apaiser, mais Je connaissais suffisamment ses expressions pour deviner l'agitation intérieur qui l'habitait.

Puis, quelque chose d'inattendu se produisit. Un homme, plus âgés que les autres invités, se posta devant l'un des plus grandes toiles, celle qui symbolisait la fusion ultime de Nos deux arts. Il resta là, immobile, les yeux rivés sur le tableau.

Je Me sentis envahie par une vague de curiosité et d'appréhension. Cet homme, Je ne l'avais jamais vu auparavant. Il se démarquait par sa présence imposante mais discrète, comme s'il portait un lourd passé sur ses épaules. Après quelques minutes d'hésitation, j'allai vers lui.

-Cette œuvre vous plait-elle ? l'interrogeai-Je timidement.

L'homme ne répondit pas tout de suite, avant de se tourner vers Moi, les yeux chargés d'une intense émotion.

-Plus que vous ne pourriez l'imaginer, répondit-il. Elle me rappelle des choses que j'ai longtemps tenté d'oublier.

Intriguée, Je ne savais pas comment répondre. L'homme poursuivit :

-C'est comme si cette toile me parlait directement à moi. Je ne sais pas qui a créé cette œuvre, mais c'est un véritable tour de force.

Je fus parcouru par un frisson tout le long de Ma colonne vertébrale. Ce n'était pas simplement la toile qui était en jeu ici, c'était l'essence de Notre collaboration, l'âme de Nos peines et de Nos triomphes réunis en un seul tableau.

-L'artiste est ici, dis-Je en désignant Soren du doigt. Mais cette toile... c'est le résultat de Notre travail commun.

L'homme observa Soren avec une intensité nouvelle, comme s'il venait de comprendre l'essentiel du spectacle qui s'offrait à lui. Après une longue pose, il se pencha vers Moi et Me dit, d'une voix grave et sincère :

-Vous avez une force rare en vous. Ne la laissez pas s'éteindre.

Ces mots, bien que simples, résonnèrent si intensément en Moi que je ne sus quoi répondre. Je restai là, à regarder l'homme partir, Mon cœur empli de reconnaissance et d'une grande confiance en Moi-même.

A l'autre bout de la salle, Soren, ayant observé la scène de loin, se dirigea vers moi.

-Qui était-ce ? s'enquit-il.

-Oh, Je ne sais pas... un simple visiteur, qui a vu dans Notre travail une expression que Je n'avais jusqu'alors pas réalisé.

Soren me fit un petit rictus.

-C'est ça l'art. Il fait ressortir ce qu'on a d'enfouis au fond de Nous... même si on ne le sait pas encore.

L'exposition se poursuivit dans une atmosphère de curiosité et d'admiration. Soren et Moi, bien que nerveux au début, commençâmes à Nous détendre à mesure que les éloges fusaient. Notre ouvrage avait touché les visiteurs, et plus important encore, Nous nous étions prouvés à Nous-mêmes ce dont Nous étions capables.

Le soir venu, alors que la foule s'était dissipée, Soren et Moi, Nous retrouvâmes seuls dans la Galerie. Nous étions fatigués, mais envahis par un totale apaisement.

-On l'a fait, lui soufflai-Je à l'oreille, presque incrédule.

-Oui, on l'a fait, confirma Soren, et ce n'est que le début. La gagnante mérite une douce récompense, rajouta-t-il.

*
* *

"Se voir le plus possible
Et s'aimer seulement,
Sans ruse et sans détours,
Sans honte ni mensonge,
Sans qu'un désir nous trompe,
Ou qu'un remords nous ronge,
Vivre à deux et donner son coeur
À tout moment ;"

Alfred De Musset

*
* *

15

Rencontre avec le public

Après des mois de labeur acharné, Notre projet prit forme. Nous décidâmes d'organiser un autre vernissage dans une galerie parisienne. L'idée de montrer Nos ouvrages à un plus vaste public était à la fois excitante et terrifiante.

Pour Soren, c'était une manière de dévoiler une partie intime de son âme, et pour Moi, c'était Ma première expérience en tant qu'écrivaine d'exposée à nouveau aux regards extérieurs.

Le soir de l'inauguration de Notre galerie avant-gardiste, elle était pleine de curieux, d'amis et de passionnés d'art. Soren était vêtu simplement mais élégamment, me jetant des coups d'œil furtifs de temps en temps. Je me sentais à la fois nerveuse et fière.

-Je n'arrive pas à croire que cela se réalise encore, murmurai-Je, en tenant un verre de vin, un sourire éclatant sur Mon visage.

-C'est réel, me rassurât-il, en prenant Ma main. Et tout cela c'est grâce à toi. Tu m'as poussé à reprendre goût à la création. Sans toi, je ne me serais jamais lancé dans une aventure aussi audacieuse.

Entre temps, les visiteurs passaient d'une toile à l'autre, lisant attentivement les extraits de Mes récits qui accompagnaient chacune des œuvres de Soren. L'atmosphère était chargée d'une ambiance troublante.

Certaines personnes souriaient, d'autres étaient visiblement touchées par les magnifiques illustrations qu'elles découvraient.

Un étudiant en art abstrait, intrigué par la fusion de Nos deux arts, se dirigea vers Nous.

-C'est fascinant, comment vos œuvres semblent dialoguer entre elles, comme si chaque mot répondait à chaque coup de pinceau, dit-il avec admiration. Comment vous est venue cette idée ?

Je répondis avec humilité :

-C'est venu naturellement ! Notre vécues se reflètent dans Nos œuvres, et Nous avons réalisés que les mots et les images pouvaient se soutenir, se compléter.

Pour la première fois, Soren se tourna vers moi et M'embrassa amoureusement sur la tempe, un geste discret mais plein de signification.

-Nous avons créé cela tous les deux, ajouta-t-il, son regard brillant d'émotion. Et c'est le reflet de tout ce que Nous avons traversé.

L'exposition suivante fut un succès, non seulement d'un point de vue artistique, mais aussi personnel.

Ce partenariat avait permis à Soren de tourner définitivement une page et Moi de M'affirmer en tant qu'auteure.

*
* *

"Respecter sa pensée aussi loin
Qu'on y plonge,
Faire de son amour un jour
Au lieu d'un songe,
Et dans cette clarté
Respirer librement -
Ainsi respirait Femme
Et chantait son amant."

Alfred De Musset

*
* *

16

Vers un Avenir Inconnu

Quelque mois après Notre énième exhibition, alors que les feuilles de l'automne recommençaient à tomber, Soren et Moi décidèrent de prendre un nouveau départ. Nous avions vécu tant choses en si peu de temps, et pourtant, tout semblait naturelle. Notre liaison s'était tissée au fil des jours, sans effort, comme si elle avait toujours été destinée à éclore.

Un matin, alors que Nous déjeunions tranquillement dans Notre appartement, Soren rompit le silence avec une proposition inattendue.

-Khalysta... et si on quittait Paris ? demanda-t-il en posant sa tasse.

Je le regardai, avec un air surpris.

-Quitter Paris ? Pour aller où ?

Il esquissa un sourire énigmatique.

-J'ai toujours rêvé d'un atelier au bord de la mer. Un endroit où l'on pourrait créer en toute tranquillité. Tu pourrais écrire, je pourrai peindre, et on serait loin du tumulte de la ville.

Je pris un instant pour réfléchir. Paris, avec son rythme effréné, avait toujours été Ma maison. Mais l'idée de M'échapper, de construire une vie totalement inédite avec lui, Me sembla irrésistible.

-Et c'est exactement ce qu'il nous faut, répondis-Je, avec un regard rempli de promesses.

Cette fois, il m'offrit un plus large sourire.

-Alors... partons ! dit-il simplement.

Ce nouvel horizon nous garantissait une vie meilleure, un avenir encore incertain mais rempli de possibilités.

Nous savions que Nous pouvions affronter n'importe quel obstacle, et surtout concevoir la destinée à laquelle nous avions toujours aspirée.

*
* *

" Caresse après caresse, la distance si chèrement conquise, ils descendent dans le fond, avides de s'y perdre, égarent leur nom propre, renoncent à la séparation de l'âme et du corps, s'en remettent à Femme, abandonnes, défaits, dans la transe d'extrême félicité."

*
* *

17

Les Instants Volés

Le poids des dernières semaines et la pression que Nous nous étions imposés, Nous avait laissé un sentiment d'euphorie, mais une écrasante fatigue. Nous partîmes donc, comme convenu, prendre un peu de recul et s'accorder quelques jours de répit, loin de l'agitation parisienne, dans une maison de campagne prêtée par un ami de Soren.

Ce refuge, isolé du monde, était nichée au cœur de la Loire. Une vieille bâtisse en pierre, entourée de champs à perte de vue, baignait dans une tranquillité presque irréelle.

Dès notre arrivée, tout semblait Nous apaiser, le silence des champs, le murmure du vent. L'air frais de la campagne, le calme absolu, tout cela contrastait avec l'agitation de la grande ville. Nous n'avions pas prévu grand-chose pour ces quelques jours, à part se reposer et profiter de la nature.

Ces moments hors du temps Nous permettaient de se redécouvrir, de retrouver des plaisirs simples : des promenades au crépuscule, des conversations à cœur ouvert sous les étoiles, des rires partagés autour d'un dîner improvisé.

Les premiers jours, Nous passions des heures à flâner, à marcher sans but précis dans les bois environnants, Nos conversations se faisant de plus en plus sérieuses au fil de Nos pas. C'était comme si la nature Nous invitait à Nous délester de tout le superflu, à Nous retrouver dans la simplicité.

Une nuit, alors que le crépuscule teintait le ciel d'un rose flamboyant, on s'installa dans l'herbe, face à l'horizon. Le silence entre Nous était serein, sans gêne, comme une connivence intime qui n'avait pas besoin de mot.

-Ça fait longtemps que Je n'ai pas ressenti cette paix, osai-Je, les yeux fermés, la tête posée sur les genoux de Soren, bercée par le souffle du vent. C'est presque irréel !

-Moi non plus, me susurra-t-il, en observant Mes courbes sensuelles à la lueur du coucher de soleil et en caressant mes cheveux. Tu sais, parfois, je me demande si tout ça ne va trop vite.

J'ouvris les yeux et Me redressa, surprise par les propos de Soren.

-Trop vite ? Tu veux dire... que tu regrettes que l'on soit ensemble ?

-Non, non... ce n'est pas ça, se hâta de répondre Soren, cherchant désespérément ses mots. Ce que je veux dire, c'est que... parfois, j'ai l'impression que Notre relation est comme un torrent, intense et incontrôlable. Et j'ai peur qu'à ce rythme, on finisse par se perdre.

Je me penchai en avant, le regard plongé dans celui de Soren, cherchant à déchiffrer l'émotion qui se cachait derrière ses mots.

-Tu penses qu'on n'est pas fait pour durer ? lui demandai-Je.

-Je ne sais pas... je crois que je suis encore hanté par le passé... Par ce que j'ai vécu avec Hélène. Il y a des moments où... où je me dis... que je n'ai pas encore tourné la page et c'est injuste pour toi.

Nous restâmes là tous les deux, sans mot dire. Je détournai le regard vers l'horizon. Je savais que Hélène occupait une place importante dans le passé de Soren, mais l'entendre prononcés ces mots à haute voix réveillait en Moi une douleur indicible.

-Je comprends que tu aies besoin de temps pour... te détacher de tout ça, dis-je finalement. Mais il faudra que tu te décides un jour. Sinon, je crains qu'on ne puisse jamais avancer.

Il ne répliqua pas, se contentant de poser sa main sur la mienne, en la serrant agréablement, comme pour s'excuser sans parler. Il Me chercha du regard, en vain, je l'ignorais totalement. On resta là, dans la lumière mourant du jour, chacun plongé dans ses pensées.

On savait que ces moments de paix étaient précieux, car la vie finirait par reprendre son cours. Pourtant, cette parenthèse Nous offrait une bulle d'oxygène, où Notre amour pouvait grandir loin des pressions du monde extérieur.

Mais derrière cette accalmie, une ombre pernicieuse se profilait. Le passé de Soren, toujours présent en filigrane, semblait s'insérer entre Nous, créant un écart invisible mais palpable. J'éprouvais parfois cette distance, sans oser la nommer.

*
* *

"D'ailleurs, ce n'était pas une idée, c'était le parfum béni de ces journées, une humeur merveilleuse de robe, simple et légère, une vapeur de l'aube au-dessus du long jupon de coton, sans dentelles, ni fanfreluches, ni ampleur indécente... Quant au voile il irait..."

*
* *

18

Retour à la Réalité

De retour à Paris, la réalité s'imposa à Nous avec force et marqua la fin de notre bulle enchantée. Dès que Nous franchîmes le seuil de l'appartement, le milieu artistique dans lequel on baignait Nous rattrapa brutalement.

Les sollicitations suites à nos nombreuses expositions, affluaient : des interviews, des demandes pour de futures collaborations.

On se retrouva de nouveau submergés par un tourbillon d'activités qui, peu à peu, Nous éloigna, et Notre quotidien redevint un enchaînement de rendez-vous, de projets, et de nouveaux défis.

Notre complicité, forgée dans l'intimité de l'atelier, semblait s'effriter sous la pression extérieure.

Chacun de Nous se retrouvait absorbé dans ses propres engagements, ses propres doutes. Nos échanges devinrent plus rares, les moments partagés plus courts. En ce qui me concerne, cette effervescence M'était grisante.

Je Me retrouvais plus en plus sollicitée en tant qu'écrivaine émergeante, et des commandes pour des expositions personnelles commençaient à affluer.

Mon téléphone sonnait sans cesse, et les galeries voulaient toutes décrocher un rendez-vous avec Moi. Cependant, avec ce succès naissant, vint une horrible pression : celle de devoir maintenir le niveau, de ne pas décevoir.

Soren, de son côté, continuait de recevoir des éloges pour ses œuvres, mais il paraissait de plus en plus absent. Les instants que l'on passait à deux se faisaient rares, et Nos discussions, souvent interrompues par des obligations professionnelles.

Nous passions Nos journées à courir d'un endroit à l'autre, Notre appartement se transformant en un simple lieu de passage, un abri temporaire entre deux rendez-vous.

Un soir, après une journée bien remplie, Je venais de rentrer à l'appartement, et trouvai Soren plongé dans la contemplation d'une photo de lui avec Hélène. Une terrible angoisse Me serra le cœur. Les doutes que J'avais, étaient en train de se matérialisés sous mes yeux. Le voir avec une autre, Me martyrisait, pourtant, Je ne parvins à détourner les yeux.

-Tu penses encore à elle ? M'exclamai-Je, la gorge serrée.

Pris de court, Soren sursauta. Il dissimula la photo, comme un enfant pris en faute, cherchant ses mots.

-Ce n'est pas ce que tu crois. C'est... compliqué, finit-il par dire. Je ne pense pas à elle de la manière que tu crois, mais... elle fait partie de moi, de ma vie. C'est difficile de l'oublier. Elle fait partie de mon passé. Je ne peux pas l'effacer d'un coup de baguette magique.

-Je ne te demande pas de l'oublier, répondis-Je, en Me retenant de trembler. Mais parfois, J'ai l'impression que tu es toujours avec elle... et pas avec moi.

Je tournai le regard, et Mon cœur se serra. Je compris que cette femme avait marqué Soren profondément, mais l'idée qu'il puisse être encore prisonnier de ce passé Me faisait souffrir.

-Et Moi, où est-ce que je Me situe dans tout ça ? lui demandai-Je, d'une voix chevrotante.

Soren Me regarda, sentant qu'il était à un tournant décisif. Il se dirigea vers Moi, en cherchant à Me rassurer, mais Je Me dérobai. Il était proche de Moi, cependant, je feignis de ne pas l'avoir remarqué.

-J'ai besoin de comprendre, Soren. Parce que parfois, J'ai la sensation que tu es encore ailleurs.

Un silence lourd et pesant s'inséra entre Nous, chargé de non-dits. Soren se leva et s'apprêtait à venir vers Moi, mais Je Me reculai subrepticement.

Cette discussion longtemps évitée, venait enfin de s'imposer, et chacun de Nous savait qu'elle marquait un point de non-retour.

Fortement courroucée, Je M'éloignai vivement de lui.

-C'est elle que tu aimeras toujours, pas vrai ? demandai-Je, la gorge serrée.

-Non, Khalysta… Je t'aime toi. Mais l'amour que j'éprouvais pour elle… c'était différent. Et je crois que c'est ça qui me trouble parfois. Je ne veux pas te blesser, mais c'est la vérité.

Sa voix tremblait légèrement, quand il prononçât ces mots. La contrariété transparaissait malgré lui dans ses paroles.

Je secouai la tête. Je compris que Hélène avait laissé une empreinte indélébile sur le cœur de Soren, mais cela ne rendait pas Ma douleur plus supportable. J'avais le sentiment de vivre dans l'ombre d'un fantôme, que je ne pourrai jamais affronter ni surpasser.

J'étais tiraillée par une jalousie qui renaissait en Moi. Je voudrais tant me retenir et ne pas me laisser emporter dans ce tourbillon de confusions. Offensée, Je ne voulus plus entendre davantage. Plus jamais.

-Je pense qu'on a besoin de temps, suggérai-Je. Pour réfléchir… pour savoir ce que l'on veut vraiment.

Soren ouvrit la bouche pour protester, mais il savait que J'avais raison. Les choses ne pouvaient plus continuer ainsi. Il allait Me perdre et sa vie en serait bouleversée.

-D'accord, concéda-t-il, le regard plein de tristesse. Vu que tu ne me laisses pas le choix. Prends le temps qu'il te faudra. Moi aussi, j'en ai besoin.

Je baissai la tête une dernière fois avant de tourner les talons et de Me diriger vers la chambre.

Un pressentiment Me serrait le cœur, le pincement en devint trop insoutenable, Je me sentais mal à l'aise. Tout autour de Moi semblait s'écrouler dans le néant. Je n'avais qu'une envie, celle de fuir cet homme qui doutait de son amour pour moi. Je courus jusqu'à Mon lit et M'y jeta en larmes.

Cette nuit-là, Je ne dormis presque pas. Le lendemain, Je pris Mes affaires et partit, laissant derrière Moi un Soren déboussolé, mais résolu à faire face à ses propres démons.

Je le quittai en lui promettant de se revoir le soir. Mais, je n'avais pas réussi à me confier à lui. A quoi bon lui expliquer ? Il ne saurait comprendre mes raisons.

Je m'en allai en claquant violemment la porte, d'un bruit sec qui résonna dans Ma tête. Et lui, resta à la maison à ressasser ses tristes pensées.

A son réveil, il s'aperçut que je n'étais pas là, il trouva la chambre quasi vide. Mes affaires n'étaient plus là. Peut-être pensait-il que Je M'étais juste levée tôt, pour m'adonner à mes activités matinales ?

*
* *

"Là jaillissent deux étincelles
Que voile et couvre à
Chaque instant,
Comme un oiseau qui bat des ailes,
La paupière au cil palpitant!
Sur la narine transparente
Les veines où le sang serpente
S'entrelacent comme à dessein,
Et de sa lèvre qui respire
Se répand avec le sourire
Le souffle embaumé de son sein !"

Alfred De Lamartine

*
* *

19

Un Eloignement Nécessaire

Après cette soirée tendue, Je pris une décision difficile, mais nécessaire.

J'avais besoin de distance, de temps pour réfléchir à ce que Je ressentais vraiment.

Je parti quelques jours seule, loin de Paris, pour Me recentrer. Je pris la route sans plus me préoccuper de lui. Mais le souvenir de l'autre Me hantait encore.

Bien qu'il respectât Ma décision, Soren fut extrêmement affecté. Il comprenait qu'il devait faire face à ses propres démons s'il voulait espérer fonder sa vie sur une base solide avec Moi, mais la perspective de Me perdre l'effrayait.

Je Me réfugiai à Lyon, chez Amalia une amie d'enfance, où J'avais passé une partie de Mon adolescence. Amalia vivait dans un appartement cosy au cœur de la ville, avec une vue imprenable sur les toits de Lyon et les collines environnantes.

Lyon avec ses cafés charmants et son atmosphère douce, Me rappela des souvenirs de jeunesse, de l'époque où Je n'avais encore aucune idée de la direction que prendrait Ma vie. J'adorais Me balader très tôt le matin au milieu de cette nature silencieuse, flâner dans le jardin, et y respirer à plein poumon l'air parfumé et vivifiant.

Amalia M'accueillit à bras ouverts, sans Me poser de questions. Là, entourée de visages familiers et de souvenirs, Je commençai à repenser à Ma propre vie, à Mes peurs et à Mes désirs.

-Tu peux rester ici aussi longtemps que tu veux, M'avait dit Amalia en Me tendant une tasse de thé chaud. Il n'y a pas de jugement dans cette maison, juste du repos et des confidences si tu en as besoin.

Je lui en étais très reconnaissante.

Entre les réunions, j'employais Mon temps libre à parcourir la campagne, les pavées de la vieille ville, perdue dans Mes pensées. Respirer le grand air vivifiant Me régénérait et Me procurait une toute nouvelle énergie. Après des heures d'errance à travers les champs et les bois, Je m'arrêtai. Désespérée, Je sanglotai sans aucune retenue.

Plongée dans Mes pensées, Je ne prêtai nullement au bruit de pas derrière Moi.

Amalia qui Me connaissait bien, senti qu'un problème me tourmentait.

-Tu me sembles plus troublée que je ne l'ai jamais vue, remarqua Mon amie, lors d'une conversation nocturne. Tu veux en parler ?

Me demanda-t-elle, alors que l'on partageait une bouteille de vin sur le balcon.

Le son de sa voix m'arracha de force à Mes sinistres réflexions. Je me retournai et restai quelques instants, perplexe.

Je soupirai. Je savais que Je ne pouvais plus garder tout cela pour moi.

-C'est que J'aime cet homme... mais parfois, j'ai le sentiment qu'il est encore prisonnier de son passé, répondis-je, passive. Il est indéniablement lié à Hélène. Et Je ne sais pas si Je peux vivre avec ça.

-Tu veux que je te dise, Khalysta, parfois, les gens mettent du temps à faire la paix avec ce qui les a blessés. Ce n'est pas que tu n'es pas assez bien pour lui. C'est juste qu'il doit laisser partir ce qu'il ne peut plus changer.

-Et toi, est-ce que tu n'as pas des choses que tu aurais laissé en suspens dans ton propre passé ? Me demanda Amalia, d'un ton doux mais discret.

Je réfléchis à ses propos. Amalia avait raison. Mais cela n'apaisait pas pour autant mon chagrin. Chaque jour passé loin de Soren Me laissait entrapercevoir une certaine clarté, mais Je ne savais toujours pas si Je pourrai accepter l'ombre d'Hélène dans Notre relation.

Je réalisai alors que Soren n'était pas le seul à être confronté à ses blessures. Je portais aussi en Moi des cicatrices, des doutes qui n'avaient jamais été résolus.

Cette période d'éloignement Me permit de mieux comprendre ce que J'attendais réellement de cette relation et de ce que Je devais affronter en Moi-même.

*
* *

"Un œil expérimenté ne s'y trompe jamais. Dans ces traits rigides ou abattus, dans ces yeux caves et ternes, ou brillants des derniers éclairs de la lutte, dans ces rides profondes et nombreuses, dans ces démarches si lentes ou si saccadées, il déchiffre tout de suite les innombrables légendes de l'amour trompé, du dévouement méconnu, des efforts non récompensés, de la faim et du froid humblement, silencieusement supportés."

Charles Baudelaire

*
* *

20

Les Révélations

Pendant que J'étais à Lyon, Soren se retrouva seul face à lui-même dans le silence oppressant de Notre appartement parisien, autrefois plein de vie et d'échanges créatifs, qui lui semblait désormais vide, presque abandonné. Il passait des heures à peindre, tentant de canaliser ses émotions à travers ses œuvres d'art, mais ma présence lui manquait.

Mon absence le rongeait, et il réalisa peu à peu que c'était Moi qui lui donnais la force de continuer. Chaque recoin de l'appartement lui rappelait Notre vie commune, Nos joies, Nos éclats de rires, Nos moments d'intimités.

Un matin, alors qu'il travaillait dans son atelier, Soren tomba sur un de mes carnets de croquis. C'était un vieux carnet, un de ceux que Je trimbalais partout avec Moi. En l'ouvrant, il découvrit des esquisses que J'avais dessinés au cours des mois passés.

Parmi elles, des portraits de lui, des dessins inachevés, mais pleine de vie, capturant des moments où il ne s'était pas rendu compte que Je l'observais.

Il eut conscience de la grandeur de son amour pour Moi. Il n'avait jamais su à quel point Je le voyais véritablement, au-delà de ses défauts, de ses hésitations et de ses cicatrices.

A travers ces croquis, il se rendit compte à quel point Je l'avais compris, et à quel point il avait tout gâché à cause de son incapacité à se détacher du passé.

Soren comprit qu'il ne pouvait plus rester dans cet état de flottement. Il devait réagir afin de réparer ce qui avait été brisé. Il ne se résolut pas à Me laisser partir sans se battre pour Moi, sans Me prouver qu'il était prêt à avancer, à tourner la page pour de bon.

Il se mit à écrire une lettre, une longue lettre dans laquelle il ouvrit pleinement son cœur, où il avouait toutes ses peurs, ses erreurs, et il Me promettait de faire des efforts. Il ne savait pas si cela suffirait, mais c'était tout ce qu'il pouvait M'offrir à ce moment-là. La lettre terminée, il la posta à l'adresse de Lyon où Je séjournais.

Puis, un soir, il décida de se rendre sur la tombe d'Hélène, un endroit qu'il avait longtemps évité. Il se tenait là, devant la pierre froide, et pour la première fois depuis des années, il laissa ses émotions s'exprimer.

-Je t'ai aimé Hélène, pleura-t-il à chaude larmes, mais je ne peux plus continuer à vivre dans ton souvenir. J'ai rencontré quelqu'un qui me fait sentir à nouveau vivant... et je crois que je suis prêt à avancer.

En prononçant ses mots, Soren sentit un nuage immense se dissiper. Il ne s'agissait pas de tourner la page, mais de faire la paix avec son passé. Il savait qu'il était enfin libre de se consacrer pleinement à Notre relation.

*
* *

"...De n'avoir plus dans l'esprit
Qu'une pensée,
Dans le cœur qu'un désir,
Et dans la bouche qu'un nom.
Un nom qui monte incessamment,
Qui monte,
Comme l'eau d'une source,
Des profondeurs de l'âme,
Qui monte aux lèvres, Et qu'on dit,
Qu'on redit, qu'on murmure sans cesse,
partout, ainsi qu'une prière..."

Guy de Maupassant

*
* *

21

Des nouvelles inespérées

Je ne M'attendais pas à recevoir des nouvelles de Soren. Je l'avais appelé à son bureau, mais c'est sa secrétaire qui avait répondu, je ressentis une vive déception. Je raccrochai le combiné et aussitôt une étrange sensation m'enveloppa et m'étreignît fortement.

J'avais tenté de Me concentrer sur Ma vie, sur Mon art, et sur Mes réflexions personnelles durant Mon séjour à Lyon.

Amalia M'avait été d'une grande aide, mais au fond, Je sentais en permanence, cette lourdeur dans Mon cœur, cette absence qui Me hantait.

Les jours se succédèrent monotones, et les après-midis Me paraissaient interminables.

Les heures s'écoulaient lentement. Je m'ennuyais à en mourir. Puis un matin, alors que Je prenais Mon café sur le balcon, l'arrivée d'une lettre en perturba le court.

En un instant, Ma colère s'était complètement évanouie et avait laissé place à une lueur d'espoir.

Son nom écrit à la main sur l'enveloppe, fit accélérer Mon pouls. Mon cœur battait la chamade. Serait-ce la peur de le revoir ? J'hésitai un long moment avant de l'ouvrir, appréhendant ce que J'allais y découvrir.

Mais en lisant ses mots, je Me senti envahir par une vague d'émotion. Il ne s'excusait pas simplement ; il se livrait à Moi corps et âme, comme il n'avait jamais osé faire auparavant. Ses propos étaient emplis de regrets, mais également d'espoir. Il parlait de la peur de perdre Hélène, et même temps Mon amour. Il disait vouloir fonder un avenir avec Moi, sans les fantômes du passé.

Les larmes aux yeux, Je repliai la lettre resta un long moment à fixer l'horizon. Je Me sentais tiraillée. Soren, M'aimait, c'était indéniable, mais étais-Je prêt à lui pardonner ? Etais-Je prête à revenir vers lui, sachant que son passé ne pourra jamais totalement disparaître ?

C'est alors qu'Amalia s'avança vers Moi, remarquant Mon expression lointaine.

-Il t'a écrit, c'est ça ? Me questionna-t-elle.

J'acquiesçai de la tête, incapable de parler sur le coup.

-Qu'est-ce que tu comptes faire ? continua Amalia.

-Je ne sais pas... affirmai-Je. Je l'aime, mais Je ne peux plus continuer de souffrir à cause de cette ombre qui plane sur Nous.

Amalia ne dit plus rien. Me laissant gérer Mes angoisses.

Finalement, elle se leva, posa une main réconfortante sur Mon épaule et dit :

-Il arrive quelque fois que l'amour n'est pas seulement une question de se comprendre ou de s'aimer. C'est en outre une question de choix. Choisir de se battre pour l'autre, malgré tout. Peut-être que Soren est prêt à faire ce choix maintenant, mais il faut que tu saches ce que toi, tu veux.

*
* *

*"...Des bouches qui se parlaient
et les oreilles qui s'écoutaient.
Des trésors d'intelligence et d'invention.
D'inoubliables naissances.
Inspiration déjà étrangement féminine, au sens
où ce dont il s'agissait d'abord
et avant tout, c'était de jouir..."*

*
* *

22

Le Pas Vers l'Inconnu

Quelques jours après avoir lu la lettre de Soren, Je décidai de retourner à Paris. Je savais que Je ne pouvais pas simplement ignorer les sentiments que J'éprouvais pour lui. Mais Je devais d'ailleurs savoir si Nous étions capables de dépasser cette épreuve.

Lorsque J'arrivai dans la ville lumière, Je me rendis à l'appartement. Encore quelques minutes et j'atteignis la porte.

Lorsque je l'ouvris, Je fus submergée par un mélange de familiarité et d'appréhension. Le spectacle qui s'offrit à Moi, Me rassura.

L'endroit n'avait pas changé, néanmoins, tout paraissait différent. Soren M'attendait dans le salon, nerveux toutefois déterminé.

Il se leva dès qu'il Me vit, ne sachant pas trop quoi dire. Un bref bonjour du bout des lèvres, rien de plus. Il referma la porte sans bruit, comme s'il ne voulait qu'en aucun cas être dérangé dans son travail.

Une tension palpable planait dans l'air, une attente. Nos regards se croisèrent, et en cet instant, on prit conscience que Nous avions fait un bout de chemin durant cette période d'éloignement. On se retrouva dans une étreinte réciproque, sans ressentir le besoin de se parler.

Et la porte se referma, et on retrouva enfin tous les deux.

Je finis par lui avouer qu'il Me fallait du temps pour encrer le fait que Hélène ferait toujours partie de sa vie, par ailleurs que ce passé ne Nous définissait pas.

-Je ne savais pas si tu viendrais... marmonna-t-il enfin, les mains fébriles.

-Je ne l'avais pas envisagé non plus, lui répondis-Je, un sourire amer aux lèvres.

Nous restâmes debout, face à face, pendant ce qui paraissait être une éternité, avant que je ne reprenne la parole.

-J'ai lu ta lettre, Soren. Et je sais que tu es sincère. En revanche, Je ne peux pas revenir sans savoir si tu es effectivement résolu à faire ce pas, à laisser ce passé derrière toi. Tu ne peux pas continuer à t'accrocher aux souvenirs d'Hélène et espérer que Je reste juste près de toi, à attendre que tu te décides de l'oublier une bonne fois pour toute.

Soren hocha la tête, en prenant une grande inspiration.

-Je sais. Je ne te demande pas de me pardonner tout de suite, ni de tout effacer.

En revanche, je suis disposé à faire les efforts nécessaires pour me consacrer pleinement à toi. Je désire de tout mon cœur, que tu sois mon présent et mon futur. Hélène... elle demeura à jamais dans ma mémoire, bien qu'elle ne soit plus ce que je veux. C'est toi, Khalysta. Toi que je veux à mes côtés.

Je le regardai un long moment. Je lisais la sincérité dans ses yeux, de toute évidence, cette décision n'était pas facile à prendre. Après un moment d'accalmie, je le pris dans mes bras et lui serrait ses mains, très fort dans les Miennes.

-Je... Je veux bien... t'offrir une seconde chance, Soren. Par contre, il ne faut plus que l'on regarde en arrière.

Soren caressa Mes mains, sentant Mon corps parcouru par une vague de soulagement. Il se montra tout souriant, extrêmement aimable, à Mon égard.

-Promis, me rassurât-il d'une voix apaisante, ses yeux brillants de bonheur.

Très émue, Je pressentis que cet instant marquait une étape plus mature, plus vraie, dans Notre couple. Nous nous embrassâmes tendrement.

Un baiser qui chassa les gros nuages pour que le soleil brille enfin de tous ses éclats.

*
* *

*"... A autre, décrivant en silence
Ses cercles immenses.
L'œil de l'homme suivait machinalement
l'oiseau de proie.
Ses mouvements tranquille et puissants le
frappaient, il enviait cette force,
il enviait cet isolement..."*

*
* *

23

La Renaissance

Les semaines suivantes, furent remplie de sensations merveilleuses et de retrouvailles. Soren et Moi prenions le temps de recréer Notre amour sur des bases plus solides. Nous parlâmes plus que Nous ne l'avions jamais fait, en prenant bien soin de chasser Nos craintes, Nos aspirations et Nos fantasmes.

Nous évitions les sujets sensibles, préférant Nous concentrer sur l'instant présent.

Nous recommencions à, redécouvrant Paris comme si Nous y étions étrangers. Des promenades sur les quais de Seine, des dîners dans des petits restaurants discrets, des après-midis passés à flâner dans les musées.

Tout avait l'air plus fluide, plus souple. C'était comme si Nous nous rencontrions pour la première fois, avec une chance de repartir de zéro.

Lors d'une nuit, baignée par la pleine lune, nous étions allongés dans Notre lit, Soren me regardait avec tendresse.

-J'ai envie de partir quelque part avec toi, dit-il, soudain.

-Partir ? Où ça ?

-Je ne sais pas... n'importe où... juste toi et moi. Loin de tout, des souvenirs, des obligations. Partir, faire le tour du monde, par exemple.

Je souris, très excitée par cette envie si instantanée, de vouloir voguer vers des aventures totalement inédites.

Sa proposition ne M'enchantait guère, mais Je M'aperçus qu'il M'observait.

-Oh, Soren... J'en suis enchantée. Partons, donc, sans plus attendre. Laissons-Nous guider par le vent, aussi loin qu'il peut Nous emporter.

*
* *

"... L'enchantement se poursuit cependant, dans une austérité sans doute plus exigeante. Maintenant, que le féminin s'enivre de lui-même, se dilate d'une puissance qu'il ne tiendrait que de lui et dont le monde entier aurait soif..."

*
* *

24

Les cicatrices invisibles

Quelques temps plus tard, alors que Nous étions sur le point de partir pour un voyage en Provence, Je trouvai une lettre dans le courrier. Elle provenait de la mère d'Hélène, une femme avec laquelle Soren avait gardé des liens très étroits.

Soren accueillit cette lettre avec un mélange d'étonnement et de gêne. Il ne voulait que Je Me sente à nouveau menacée par sa vie antérieure. Par ailleurs, il savait qu'il ne pouvait pas l'ignorer.

Il M'expliqua ce que signifiait cette lettre, et bien que cela produisit un moment de tension entre Nous, on décida de l'ouvrir tous les deux.

La lettre était manuscrite avec une écriture élégante, un peu hésitante, pleine de nostalgie, de gratitude. La mère d'Hélène remerciait Soren de ne pas avoir coupé les liens avec elle, brusquement après la mort de sa fille. En outre, elle exprimait un désir implicite de rester en contact, pour garder vivante une part de cette vie qu'ils avaient partagés.

En lisant cette missive, Je sentis un nœud se former dans Mon estomac. J'eu l'impression qu'une flèche m'avait traversé le cœur, tant la douleur qui m'assaillait était aigue. J'avais beau savoir que cette passion antérieure faisait partie de la vie de Soren, chaque rappel d'Hélène éveillait en Moi des doutes et des sensations d'insécurités.

Je tentais de cacher Mon malaise, devant Soren qui M'observant attentivement, remarquât immédiatement Mon trouble.

-Tu n'as pas à t'inquiéter, Khalysta ! Me rassurât-il, en prenant Ma main. Ce n'est qu'un geste de politesse, rien de plus.

Au fond de Moi, Mon cœur était rassuré, Je le reconnais. Aucune sensation particulière ne m'effleurait, J'étais sereine. Néanmoins, Je ne pouvais m'empêcher de Me demander si Je serai assez forte pour faire face à ses fantômes.

Nous avions beau essayé de bâtir une vie heureuse, le spectre d'Hélène s'avérait persistant, comme une ombre furtive qui refusait de disparaître.

Soren, de son côté, était gagné par une tension incontrôlable. Il savait que Je m'évertuais à lui faire confiance. Toutefois, il ne pouvait pas ignorer la pression que cela engendrait. C'était comme s'il se battait entre deux mondes : celui qu'il voulait construire avec Moi, et celui qu'il avait autrefois vécu avec Hélène.

Il ne voulait pas Me perdre, pourtant chaque pas en avant s'avérait semé d'embûches.

Comme d'habitude, il étouffa son envie de rebellions contre ses caprices.

*
* *

"... L'écart du pari de l'amour. On s'applique à se parer le sexe de l'amour. A séduire et à jeter. A consommer sans rien donner en retour. A prendre sans rien risquer. A plier l'autre à son caprice. A prendre l'autre pour modèle de liberté. Liberté de vaincre, d'asservir, de régner. Liberté de ne pas aimer..."

*
* *

25

L'Evasion en Provence

Notre échappatoire pour la Provence, symbolisait pour Nous une étape singulière, une renaissance, en quelque sorte. En laissant Paris derrière Nous, on espérait échapper aux tensions et aux non-dits qui encombraient Notre relation.

Notre destination finale était un petit village niché au cœur des collines, entouré de champs de lavande à perte de vue. L'air y était pur, et le rythme de vie, lent et apaisant.

Nous avions loué une petite maison de campagne bordée d'une terrasse donnant sur les vignobles, loin de l'agitation de la grande ville et de Nos obligations. J'eu l'agréable sensation que Nous pouvions enfin oxygéner Nos poumons avec un air plus respirable.

Soren, lui aussi se sentait étrangement détendu. Le cadre idyllique et la tranquillité des lieux lui permettaient de se recentrer sur ce qui comptait indubitablement pour lui : Notre relation.

Le premier soir, Nous nous assîmes sous le patio devant un somptueux dîner, en contemplant amoureusement le soleil couchant sur les reliefs montagneux.

-Tu penses que l'on peut, sans aucun doute, renaître de Nos cendres, rien qu'en prenant le large, en s'enfuyant loin de tout ? Demandai-Je à Soren, d'une voix douce.

Soren captura Mon visage entre ses mains, sur lequel il posa ses beaux yeux bleus.

-Je pense que l'on peut essayer. Et c'est déjà un bon début.

Nos mains entrelacées, Nous contemplions la beauté candide de la Provence, qui Nous offrait un répit bienvenu, une parenthèse où Nous pouvions Nous redécouvrir.

*
* *

"… Il me semble n'avoir jamais réellement distingué la naissance du jour, l'entrée dans l'amour et le dévoilement de vérité.
C'est la même splendeur. Mais le cœur défaille de ne pouvoir la tenir toute…"

*
* *

26

Les Failles de l'Oubli

Malgré l'atmosphère paisible du village, les vieilles blessures refirent surface. Quelques jours après Notre arrivée, Soren et Moi étions invités à dîner chez des amies résidents dans le coin, un couple d'artistes qui vivaient là depuis des années.

Après les présentations, nous nous tînmes à l'écart. Nos hôtes, Aimé et Lucie, étaient charmants, chaleureux, et leur conversation fluide sur l'art de vivre dans le sud de la France mit tout le monde à l'aise.

Cependant, au cours du dîner, Lucie mentionna innocemment une anecdote sur un ami commun qui avait perdu un être cher. Le climat devint aussitôt tendu.

Je cherchai le regard de Soren, qui s'efforçait de ne pas réagir, cependant, Je le connaissais trop bien.

Ce genre de sujets qui ramenait toujours à la surface la mémoire d'Hélène, fût un moment de gêne pour lui, il s'éloigna de la table.

Le reste de la soirée se déroula dans une ambiance étrange. Soren se montrait courtois, de toute évidence, il avait changé.

De retour dans Notre petit cocon, le silence qui s'installa entre Nous, était lourd de sous-entendus.

Ce fut le plus mauvais dîner de Ma vie. Soren regagna rapidement Notre chambre, et Moi, je M'attardai dans le jardin, laissant libre cours à Ma jalousie.

-Tu y penses encore, pas vrai ? finis-Je par lui demander.

Soren ne répondis pas d'emblée. Il passa une main dans ses cheveux en soupirant.

-Je ne veux pas. Seulement... de temps à autre, c'est plus fort que moi.

Je baissai les yeux, rongée par une vague d'amertume.
J'ai cru que ce voyage Nous aiderait à clore ce chapitre, mais les souvenirs persistaient même dans cet endroit isolé.

Je marquai un instant d'embarras, puis je repris :
-Peut-être que Je ne te suffirais jamais... soufflai-Je, d'une voix blanche.

Soren se redressa aussitôt, et Me prit dans ses bras.

-Non, Khalysta, ne dis pas ça ! Tu es tout pour moi. Tout. C'est juste... c'est juste confus ! Je veux que tu saches que je fais de mon mieux. Je ne veux pas te perdre.

Nous nous regardâmes longuement, la tension était palpable dans l'air. C'était comme si Nous nous tenions au bord d'un précipice prêt à tomber et à s'éloigner définitivement, l'un de l'autre.

Soren Me serra très fort contre lui, comme s'il avait peur de Me laisser partir. Nous échangeâmes un baiser qui scellait tant de projets heureux.

Un avenir merveilleux Nous tendait les bras. Un bonheur sans égal.

*
* *

"... Mettre une femme en disposition d'amour, on dira de celle-ci qu'elle masculine. Mais on le dira un temps, un jour, une heure, car pour peu qu'on s'approche, on verra qu'elle connaît tout de l'autre position..."

*
* *

27

Le Vent du Changement

Après cet épisode, Soren et Moi décidâmes d'adopter une approche plus innovante pour faire face à Nos difficultés. Nous ne pouvions plus éviter les discutions fâcheuses et douloureuses. Nous devions les affronter, ensemble, pour espérer aller de l'avant.

Nous passions Nos journées à explorer les environs, en Nous immergeant dans la nature. Le chant des cigales, l'odeur des lavandes, et les paysages apaisants Nous offraient un cadre propice à la réflexion et à l'introspection.

Chaque soir, Nous nous asseyions devant la cheminée et parlions de Nos appréhensions, Nos incertitudes, ainsi que de Nos attentes pour l'avenir.

Peu à peu, une complicité naissante grandissait entre Nous. Ce voyage, qui avait débuté comme une tentative de fuite, se transforma en une occasion de renforcer Nos liens. Je commençai à me rendre compte que cette période révolue ne disparaîtrait nullement, que j'étais condamnée à vivre dans son ombre.

Quant à Soren, il admit qu'il devait se rendre à l'évidence, quoi qu'il fasse il ne pourra en aucun cas, chasser ces images funestes de ses pensées. Avec Moi, il voulait rétablir une confiance et une complicité solides, à toutes épreuves. Cette absurde souffrance prendrait fin comme Notre séjour champêtre. Après une longue mise au point, Nous regagnâmes la ville

*
* *

"C'est que le présent, d'ordinaire, nous blesse. Nous le cachons à notre vue, parce qu'il nous afflige et s'il nous est agréable, nous regrettons de le voir échapper."

Blaise Pascal

*
* *

28

Un Nouveau Départ

A la fin de Notre séjour en Provence, Soren M'emmena sur une colline isolée, où Nous pouvions découvrir tout le village en contrebas.

Les rayons orangés de l'astre lumineux, balayait le paysage d'une lumière dorée, et l'air était doux.

Soren vint à Moi, en soupirant.

-Cette évasion m'a permis comprendre beaucoup de choses, lança-t-il. Je ne peux pas effacer tout ce que j'ai vécu jadis. Cependant, je veux que tu saches que je choisi d'avancer avec toi, Khalysta.

Mon cœur rebondit d'une joie intense. J'avais toujours su que Notre liaison serait difficile. Malgré tout, Nous avions la force de surmonter les épreuves.

Je pris la main de Soren, en la serrant avec une infinie tendresse.

-Je te choisis, Moi aussi, Soren. Pour le meilleur et pour le pire, contre vents et marées, on va y arriver, toi et moi.

Nous restâmes enlacés sous le ciel étoilé, ayant foi en un futur à la fois incertain et plein de promesses inébranlables.

*
* *

"C'est un des comiques de l'amour qu'entre amants chacun s'imagine avoir dans l'autre un objet à plaisir unique au monde."

Paul Léautaud

*
* *

LE JARDIN DE JACQUES

Sylvie PELLET - Marc LASSERRE

LE JARDIN DE JACQUES

Prose et vers

BoD Éditions

à Jacques,
troubadour du végétal.

PREFACE

Le jardin de Jacques est une pente, une pente ébouriffée de plantes. Sous chaque plante, j'ai découvert une autre plante, non qu'elle se soit cachée là mais la place se fait rare dans le jardin de Jacques.
Selon son soleil de naissance, chacune a droit à son lopin de terre, un lopin plus ou moins perchée sous la maison de Jacques.

Les années ont passé sur les flancs du chemin de béton en lacets. Des pluies incrédules ont coulé sur les feuilles courbées ajoutant à la sueur du maître quelques gouttes essentielles pour la survie du monde.
Les visiteurs passionnés ou curieux ont versé eux-aussi leurs larmes de fatigue au pied des arbres silencieux.

On se demande parfois si le magicien des lieux ne fixe pas un climat pour chacun des étages, offrant ainsi à chaque espèce l'ambiance originelle qui convient à son teint. En tout état de cause, les plantes en famille ont recréé ici une ambiance propice à leur épanouissement.

C'est au printemps 2011 que Sylvie m'accompagna pour découvrir ce botaniste chevronné, ce chantre du jardin botanique, ce dieu de la feuille exotique.

« Notre » Jacques est une fleur blanche au sourire pétulant. Son âme végétale imprègne la terre qui pousse sous ses pieds. Il donne le "la" à une symphonie vivante, aux chants chlorophylliens de ses enfants fidèles.

A cette époque de l'année, certaines fleurs ont déjà quitté les lieux pour d'audacieux voyages impalpables. D'autres, ouvrent un œil timide ou au contraire laissent éclater leur fard sur les grandes peaux-pierres.

Demain, quand l'été aura écrasé les airs courants, d'autres fleurs allumeront leurs feux de couleurs, illuminant les longues journées et les nuits de lune pleine.

Voici donc quelques vues de ce trésor ouvert aux découvreurs en proie à l'exotisme. Il est accompagné de plages poétiques où s'allongent les mots, des mots aux accents élégiaques, essayant de donner une autre dimension à cet espace sensationnel, certainement unique sur l'île de beauté.

Marc Lasserre,
le 15 juin 2011

INTRODUCTION

La passion de Jacques Deleuze pour les plantes exotiques nous a ouvert les portes d'un jardin incroyable niché au-dessus du golfe de Pinarellu en Corse.

Pour parvenir à sa maison perchée, il faut traverser ce fameux jardin : Afrique du Sud, Australie, Amérique du Sud, … un tour de Monde austral est nécessaire avant d'atteindre la chambrée.
Ensuite, la gentillesse de notre hôte, ses connaissances botaniques et sa passion du partage, nous ont embarqués dans cette aventure botanico-poétique.

Le travail se fit à trois voix.
Jacques donnait les noms des plantes et nous abreuvait de quelques anecdotes ;

Sylvie, appliquée, notait les informations dans l'ordre de la visite et moi-même, derrière mon appareil photographique, tentais de « capturer » ces beautés végétales.

C'est pendant la traversée maritime entre Porto-Vecchio et Marseille, que nous avons écrit les textes, à tour de rôle, jusqu'au bout de la nuit. Même la houle légère mais provocatrice n'a pu interrompre ce duo d'écriture. Et le matin, près du Vieux-port, tout était joué. Nous avions revécu la visite commentée avec encore plus d'émotions.

Notre désir est de faire connaître ce site original, de partager cette découverte avec d'autres, ceux qui ne pourront jamais se rendre sur place et ceux qui un jour viendront admirer le jardin de Jacques et pourront emporter ce livre au cœur de leurs bagages.
Voici donc des photos, des poèmes courts mais intenses et un message pour tous ceux qui aiment la nature et les mots pour l'écrire.

Cet ouvrage est le premier d'une collection intitulée « Photographies en poésie ».

Marc, le 1er juillet 2011.

*

Sous un doux soleil de printemps, j'ai découvert le jardin de Jacques. Il m'a enveloppée d'exotisme, de fraicheur et de puissance pour me rappeler combien l'Homme et la nature peuvent encore s'unir en harmonie.

Bercée par le bruit des vagues de la Méditerranée, entre les côtes corses et les récifs marseillais nous avons, Marc et moi, écrit avec humour et plaisir ces quelques mots de poésie que nous a si bien inspiré cette merveilleuse famille que forment Jacques et ses enfants de la Terre.

Sylvie, le 14 juillet 2011.

TEXTES DE
SYLVIE PELLET ET MARC LASSERRE

*

PHOTOGRAPHIES DE MARC LASSERRE

*

REFERENCES BOTANIQUES
DE JACQUES DELEUZE

Strelitzia juncea
AFRIQUE DU SUD

Crête orangée panachée
de pointes acérées.
Tête effilée scrutant la proie invisible
qui court dans la pente infinie.

LM

Hippeastrum hybride
(connue sous le nom
d'amaryllis à fleur double)
AMÉRIQUE DU SUD

La danseuse florale
étale son tutu de soie
et se penche sur les pétales
d'un ballet de plantes en émoi.

SP

Aloe (striata x maculata)
AFRIQUE DU SUD

Peuple gracieux
aux cœurs jaunis par le temps.
Corps filiformes
aux multiples bras orangés
attisés par la curiosité.

LM

Orchidée
(un hybride Cymbidium)
CHINE

A gorge déployée,
le duo d'orchidées
orchestre en chorale
une mélodie florale.

SP

Infrutescence de Palmier
Chamaedorea oblongata
MEXIQUE

Graines du Monde
accrochées aux tiges de la vie.
Cœurs émeraudes
sur les branches orangées
d'un arbre aux mille rêves.

LM

Troncs de Pachypodium palmerii
(départ de végétation au printemps)
MADAGASCAR

Contre le mur de pierres sèches,
ils étendent leurs corps hérissés
vers un soleil bienfaiteur,
nourricier de leur cœur.

SP

Euphorbia ingens
AFRIQUE DU SUD

Énergie appelée par le ciel
en victoire piquante,
les corps s'élancent
en corolle d'extase.

LM

Kalanchoe tubiflora
Plante envahissante
faisant des plantules sur les feuilles
AFRIQUE DU SUD

Ses doigts maigres et effilés
s'accrochent timidement au rocher
et rappellent les souvenirs d'Afrique
aux reflets tigrés et magiques.

SP

Lupinus pilosus
(Lupin à fleurs bleues)
CORSE

Pilosité doucereuse
recouvrant les gangues mystérieuses.
Filles épanouies
d'une fleur bleue évanouie.

SP

Aloe marlotti
(Après la floraison , tiges jaunes orangées)
AFRIQUE DU SUD

Tentacules inquiétantes
nées d'une forêt rugueuse
aux fuseaux immortels.

LM

Kalanchoe beharensis
Grand kalanchoe
MADAGASCAR

Le doux velours bleuté
de sa robe de bal
valse à petits pas feutrés
sous le chant végétal.

SP

Euphorbia cooperii
AFRIQUE DU SUD

Dame au long manteau d'hiver,
l'Euphorbe élégante
semble jouer d'une harpe
aux cordes d'horizon.

LM

Agave attenuata
Une agave sans épine et peu rustique
MEXIQUE

Leurs feuilles tendres et dentelées
se sont unies en délicat bouquet.
Les élégantes Agaves du Mexique
appellent des images oniriques.

SP

Brahea armata
Palmier à feuilles de zinc
Bruit caracrtéristique du zinc quand on le frappe
SUD DE LA CALIFORNIE

Sur la nuée d'éventails bleutés,
le musicien végétal
fait résonner le zinc,
composant pour l'intime forêt
un appel "pacifique".

LM

Echium fastuosum
(vipérine en arbre)
ILES CANARIES

Colonne parsemée de blancheurs
    s'élévant vers les cieux,
    tel un arbre mystérieux
    elle dresse son ardeur.

SP

Agaves macroacantha
(grandes épines noires)
MEXIQUE

Ongles noirs acérés
en aiguilles diaboliques.
Mains suspendues
vers la désinvolture du temps.

LM

Euphorbia resinifera
MAROC

De singulières épines charnues
parent le dos de l'euphorbia,
tel un hérisson au combat,
peureux devant l'inconnu.

SP

Araucaria nemerosa
NOUVELLE-CALÉDONIE

Loin de sa terre natale,
l'araucaria agite ses voiles moelleuses
sur la colline embrasée de chaleur.
Sa mémoire enracinée appelle l'océan
et nous inonde
d'irréelles terres australes.

LM

Aeonium arboreum
Variété atropurpureum
ILES CANARIES

Sur sa peau lisse et noire
se reflète l'émouvant jardin,
dans chaque pétale-miroir
brille l'éclat de l'air marin.

SP

Bambusa vulgaris
CHINE

Bambou géant
(dendrocalamus giganteus)
ASIE DU SUD-EST

Graciles, frêles et pourtant si fortes,
les lances que le bambou emporte
s'entrechoquent délicatement
dans l'esprit d'orient.

Le giganteus, lui,
dresse son pied imposant
pour défier les vents.

LM

Schefflera taiwaniana
(Inflorescences)
ORIGINAIRE DE CHINE

Des perles immaculées,
fragiles lumières de forêt,
habillent de leurs blancs éclats
les branches célestes du Schefflera.

SP

Eucalyptus globulus
AUSTRALIE

Canopée noyée
dans la clarté du jour,
le grand eucalyptus
déverse ses feuilles généreuses
au coeur des branches aveuglées.

LM

Platycerium superbum
AUSTRALIE SEPTENTRIONALE

Elle drape de sa grand voile mystique
les troncs impérieux des palmiers.
Sa peau translucide et magique
dessine la lumière en damier.

SP

Agave warelliana
MEXIQUE

Le public se lève
dans l'arène des plantes
pour honorer l'oeuvre de Jacques.
L'index dirigé vers le ciel lumineux
les âmes de ces feuilles dressées
cicatrisent dans l'ombre de la beauté.

LM

Eucalyptus macrocarpa
Boutons floraux
AUSTRALIE

Dans leur nid velouté,
les fleurs se sont endormies.
A l'ombre des feuillages,
par le soleil blanchies,
elles rougiront bientôt
du plaisir de l'été.

SP

Araucaria bidwilli
AUSTRALIE

Protégé par ses langues aiguisées,
herses parsemées sur l'écorce vitale,
l'araucaria ne se rappelle plus
les prédateurs d'antan.

LM

Fleur d'un grevillea
(yellow spider – araignée jaune)
AUSTRALIE

Rubans de jaune satiné
secrètement tissés.
Ils se sont assemblés
en une délicate pelote
pour mieux écouter
la forêt qui chuchote.

SP

Dracaena drago
Vue sur la partie Canarienne
ILES CANARIES

Une boule de flèches végétales
cristallise les îles Canaries.
Comme un phare d'océan,
le Drago clignote
dans la mer du jardin
et les côtes africaines
se dessinent trop loin.

LM

Palmier syagrus romanzoffiana
(Fruits non mur)
AMERIQUE DU SUD

A la récréation des saisons,
les petites billes en fruits
s'entremèlent en chanson
au vert refrain
d'un palmier engourdi.

SP

Table des matières

PREFACE 8
INTRODUCTION 11
Strelitzia juncea 16
Hippeastrum hybride 18
Aloe (striata x maculata) 20
Orchidée 22
Infrutescence de Palmier 24
Troncs de Pachypodium palmerii 26
Euphorbia ingens 28
Kalanchoe tubiflora 30
Lupinus pilosus 32
Aloe marlotti 34
Kalanchoe beharensis 36
Euphorbia cooperii 38
Agave attenuata 40
Brahea armata 42
Echium fastuosum 44
Agaves macroacantha 46
Euphorbia resinifera 48
Araucaria nemerosa 50
Aeonium arboreum 52
Bambusa vulgaris 54
Schefflera taiwaniana 56
Eucalyptus globulus 58

Platycerium superbum 60
Agave warelliana 62
Eucalyptus macrocarpa 64
Araucaria bidwilli 66
Fleur d'un grevillea 68
Dracaena drago 70
Palmier syagrus romanzoffiana 72
Remerciements 77

Remerciements

Nous remercions Jacques pour son chaleureux accueil, son travail d'orfèvre végétal et sa gentillesse réconfortante.

Nous espérons qu'il puisse poursuivre son oeuvre malgré les difficultés qui jalonnent son parcours et qu'il continue d'émerveiller les visiteurs du Monde pendant de nombreuse années.

Sylvie et Marc

Jacques DELEUZE – Mai 2011

Éditeur : Books on Demand GmbH,
12/14 rond point des Champs Élysées,
75008 Paris, France
Impression : Books on Demand GmbH,
Norderstedt, Allemagne

ISBN : 9782810621774
Dépôt légal : juillet 2011